MELISSA

ヤンデレ伯爵はお断り！
全力回避に努めたら溺愛フラグが確定しました

来栖もよりーぬ

Illustrator
天路ゆうつづ

この作品はフィクションです。
実際の人物・団体・事件などに一切関係ありません。

ヤンデレ伯爵はお断り！

全力回避に努めたら溺愛フラグが確定しました

MELISSA

第一章　最悪から最悪へ

　正直に言ってしまおう。

　私はこの国の基準で言えば、そりゃもうまごうことなき美人である。

　プラチナブロンドの艶《つや》やかな長い髪、晴天の空のようなブルーの瞳《ひとみ》にぱっちり二重《ふたえ》、柔らかそうなほどよい厚みの唇。スタイルも成長途中の十四歳の今であってもすらりとした手足、引き締まったウエスト、膨らみ出した胸といい将来有望でしかない。玉の輿《こし》待ったなし、人生勝ち組だ。

　……と思っていた。今の今まで。


　王宮主催のガーデンパーティーという名目で、主要な貴族の年頃の令嬢が集められたこの日。皆分かっていた。これは今年十五歳になる王子の花嫁候補を選ぶ大切な日なのだ、と。

　しかし、噂《うわさ》されるような本命候補というのは当然いる。それが私、伯爵令嬢ラリサ・スティングレーである。

　小さな頃から母の美貌を受け継ぎ、幼少期から届いた釣り書き数知れず。両親が「政略ではなく本人の希望を優先したい」という親の鑑《かがみ》のような考え方でなければとうに嫁ぎ先など決まっていた、と親戚からも言われたほどである。

だが、王族からの招待は伯爵ごときが断れるものではない。

両親も、まあ王子殿下だって好みもあるだろうし、必ずしもラリサが選ばれるわけではなかろう、と言いながらも半ば諦めの状態で一緒に出席したのだが、私は王子に選ばれるなんて名誉なことではないか、とも考えていた。両親への親孝行にもなるんじゃないか、などと安易に思ってもいた。

もうそろそろ王子が到着する、ということで、他の令嬢たちも身だしなみを整え始めたが、私も化粧室にと思い庭を歩いていて、足元の石につまずき転びかけた。咄嗟《とっさ》に近くの枝を掴《つか》んだら薔薇《ばら》で、トゲが指に刺さってしまった。

「痛っ！」

思わず声を上げた時に、ざーっと脳内に前世の記憶が流れ込んできたのだ。そして分かったのだ。

ここが私の好きだった恋愛ゲームの世界と同じではないか、と。

【アンディーブ学園】というR指定の恋愛ゲームだったそれは、学園生活の三年間の間に主要キャラを落とす、というよくある内容のものだったが、登場するキャラが皆イケメンで、全員攻略したくなるタイプだったため、前世の私もハマっていた記憶がある。特定の推しはおらず、美青年を愛《め》でるのが目的だったと思う。

その中で一番人気の殿下、ジェイ・アルバインの婚約者として出てきたのが私、ラリサ・スティングレー伯爵令嬢だった。

当然ながらヒロインのアンジェリーナ・ミーガン男爵令嬢の当て馬である。

しかも私はジェイ殿下を攻略しようとする時だけ婚約破棄のため出てくる女性で、操作すらできないキャラだ。明確なヒロイン上げ要員である。

他の攻略キャラを落とすプレイをしている場合は、彼女がわざといじめる必要もないためか、登場すらしてなかった記憶がある。他のキャラには他のいじめキャラがいたしね。

殿下を攻略対象にすると、どう転んでも私はアンジェリーナをいじめた罪を掛けられる。もれなく婚約破棄となり、家からも絶縁を言い渡され、町の売春宿で働くこととなり、失意の中で肺炎で若くして命を落とすのだ。思えば儚《はかな》い存在だわね私も。

……ただ違う展開も一つだけ記憶している。

二周目以降出てくるキャラに強力な美形ヤンデレがいて、アンジェリーナに秘めた思いを抱えている設定で、アンジェリーナが殿下を狙《ねら》わず（プレイヤーが攻略せず）、自分を攻略しなかった場合に闇堕《お》ちするというはた迷惑な人である。

要は殿下なら王族なので彼女と結婚しようと文句は言えないが、他の奴《やつ》らと自分じゃ大した違いはないだろう、何故《なぜ》自分を選ばないのだ、と言いたいのだろうか。かまってちゃんである。

そしてアンジェリーナが殿下と結婚して諦めるか、自分が彼女とハッピーエンドになれなければ勝手に心を病んで、束縛粘着闇体質へと変貌する。

その後は何故かラリサ、つまり私と結婚し、私は病んだままの彼による屋敷に軟禁状態で生涯を終える、という特殊なエンディングだった。

多分、そんな粘着質な男と結婚してくれるのが私しかいなかったのだろうし、彼も心が壊れ、私を逃がしたらもう誰も自分のそばにいてくれないとか、逃げられるかもと思ったのかも知れない。病んだ人の心の動きは分からないが、こちらとしてはいい迷惑である。

まあ実際のところ、例の彼は周囲にいないので、それも流れが変わったのかなと一安心したのだが、このエンディングも、長生きできたとしても全然幸せではない。

でも当て馬ラリサの末路は、攻略キャラから何かの話のついでに語られていただけだし、そこまで深く掘り下げられてはいなかった。その他のキャラと上手《うま》くいった際のラリサがどうだったかなど語られることもなかったため、未知の世界だ。

まとめると、知っているエンディング二つがろくでもないことにしかならない女、それがラリサ・スティングレーである。

私がゲーム会社のＨＰでキャラ設定を読んだ時も、ラリサについてそこまで詳しい内容は書いていなかったし、そもそもプレイヤーはアンジェリーナをプレイするのだ。悪役令嬢の私の末路など興味がある人の方が少なかっただろう。

前世の私は読書とゲームが友だちさ、の完全なコミュ障オタクな地味女子であり、小さな会社で事務員として働いていた。二十五歳の時に高熱が出て呼吸すらしんどい状態、恐らく肺炎だったのだろうが、その辺りで記憶がないので多分そこで死んだのだろうと思う。

同僚も優しくて働きやすい職場だったとは言え給料は安く、かなり生活はギリギリだった。食生活もお米は外国産の安いもの、給料日前はもやしと豆腐と納豆が基本のおかずだったぐらいだ。栄養失調も影響したのかも知れない。

（……それにしても、まさか肺炎死繋《つな》がりでラリサになったのかしら。そんなあんまりな……それならむしろモブでいいのに）

指の血を止めようとちゅーちゅー吸いながら、化粧室どころではない、とそばのベンチに腰を下ろした。

……ともかく殿下はダメだ。近づくことが地雷でしかない。取り巻き連中だって確実に不幸になるルートに決まってるわ。全部全部却下《きゃっか》だわ。

ただ、殿下の婚約者になってしまうから破棄されて不幸な流れになるのであって、最初から婚約していなければ問題ないはずだ。

そうよ、アンジェリーナにどうぞどうぞの状態であればいいのだ。

よし、殿下はアンジェリーナに丸投げさせて頂こう。玉の輿物件だし多分現実もイケメンだろうし、貴族のご令嬢ならば文句はないだろう。

何故こんなことになっているのかも分からないが、たとえゲームと同様の世界であろうと、私は現実に生きているのだ。

そして、ゲームでは悪役令嬢と称されていたが、私は使用人にはもちろん、数少ない友人や知人にだって傲慢《ごうまん》な物言いをした覚えもなければ、両親にドレスだアクセサリーだと散財させた記憶だってない。まあ内心では勝ち組だと考えたりはしたが、誰にも言ったこともないし、だって冷静に考えても美人だもの。女性として心の中で考えるぐらいは良しとして欲しい。

前世では髪はパサパサで体も栄養不足でガリガリの良くて並の凡人顔だったし、現在の姿とはまるで違う。正直神に感謝しかない。

こんな美人に生まれたのに、若くして売春宿で亡くなるとかあんまりよ。

(……ここは殿下に見初《みそ》められる前に婚約相手を見つけるしかないわ)

私は崖っぷちの中でそう判断した。

殿下に見初められないケースを考えていてもしょうがない。多分着飾っていた女性たちを見るに、私は謙遜しても顔だけなら上位なのだ。本命と陰で噂されているぐらいなのだから、見初められない方がどうかしている。

最速最善の手を尽くさねば、私の人生はここで終了が確定する。

だが、周りを見回しても、年配の男性や取り巻き連中として顔を見たことがある殿下に近い男しか見当たらない。心のアラートが鳴りまくっている。

(まずい……まずいわ)

ベンチから立ち上がり、ウロウロと周囲を歩き回る。

焦《あせ》りと恐怖で涙が出そうになってきた時、隅のガーデンテーブルに腰を下ろし、一人静かにお茶を飲みながら本を読んでいる黒髪の若そうな男性の背中が目に入った。

ちらりと横顔を見せてメイドに手を挙げていたが、かなり整った顔立ちだ。

おそらく同世代、もしくは少し上ぐらいだ。

私が彼に目を留めたのは、現世でも読書好きである私が持っている歴史書と同じ背表紙の本を読んでいたことと、自分が黒髪だった前世からくる親近感と、そして広い背中だった。私は男性の包容力のありそうな肩幅のある広い背中にずっと憧れていたのだ。結局ご縁はなかったけれど。

——彼に決めた。

もういつ殿下が登場してもおかしくない。迅速に行動しなければ私の人生が詰むのだ。

「父様、母様」

私は急ぎ両親のいるテーブルに戻る。

「どうしたんだいラリサ？」

「私、一目惚《ぼ》れしてしまいました。どうしてもあの方と結婚したいです！」

驚く両親に、背を向けている彼を指さした。

「まあそんな、唐突ねえ」

驚く母に、もう時間がないのに、という恐怖から勝手に涙までこぼれてくる。

「恋に落ちるのは突然なのです。もうあの方以外は考えられませんわ」

「おい待ちなさいラリサ！　そんなに泣くほどなのか？」

父も慌てて私の肩を抱く。どうか彼に話を通して頂けないか、そうでなければ私は生きていく気力がない、などとなりふり構わず訴えた。

私の平凡で幸せな人生がかかっているのだ。とりあえず一時的でも構わない。ここさえしのげば何とかなるはず。

私の色んな意味での本気度が伝わったのか、それなら二人でまず話だけでも、と両親が顔を見合わせ、引き合わせてくれることになった。

まだ殿下が現れる様子はない。……助かった。

「――私と話をしたいというのは君だろうか？」

安堵《あんど》で脱力した私がテーブルに突っ伏していると、父が先ほどの彼を案内して戻ってきたのか、低く心地の良い声が聞こえた。

好感度を上げなくては。まあこれでも将来が楽しみな美人と言われている私である。いくら突然の好きアピールをしたところで、前世と違って相手に不快には思われないだろう。

素早く笑顔を作り、顔を上げた私はそのまま目眩《めまい》で卒倒しそうになった。

――この人は。明らかに見覚えがある。

右目を覆う黒いアイパッチ。サラサラの癖のない黒髪。まだ幼さこそ残るが、前世のスチルで見た記憶。

一度クリアしないと出ない裏攻略キャラ、最凶ヤンデレ伯爵ことリカルド・バーンフェルドその人であった。

（……一番避けたい人から逃げた結果が、二番目に避けたい相手だったとか……泣ける……）

深い絶望に私の心は折れそうになっていた。

「まあ！　ジェイ・アルバイン殿下がいらっしゃいますわ」

少し離れたところで友人と話していた令嬢が弾んだ声を上げたので、私はハッと気を取り直した。

そうだ、今はこんなところで思考停止している場合ではなかった。

「君とは初対面だと思うが……」

「はい。ラリサ・スティングレーと申します」

「ああすまない、自己紹介が遅れてしまった。私はリカルド・バーンフェルドだ」

これ以上ないほど存じ上げております。

彼は戸惑《とまど》ったような顔のままではあるが、大変礼儀正しい。右目のアイパッチさえなければ目鼻立ちの整った爽やか好青年だ。

これが数年後、狂気の眼差《まなざ》しで「お前はこれから一生私以外の男の目に触れることは許さない」などと言って、鎖のついた足環《あしわ》をつけた私を幽閉して好き放題するとは信じられない。まあアンジェリーナがジェイ殿下や彼本人と結婚してくれれば病むこともなく、関わることもないはずなのだが。

だが既にゲームの流れは少しずつ変化しているので、もう先が読めなくなりつつある。

――いや今はそんな思いにふけっている時間はない。今は目前の危機を回避しなくては。神よ、今ここに最高の演技力を我へお与え下さいませ！

「……はい。ただリカルド様は初対面かと思いますが、実は私は以前、陰ながらリカルド様をお見かけしておりましたの」

「……？　私は社交下手《べた》で、最低限の出席しかしてないのだが……先月の宮廷のパーティーだろうか？」

――先月？　ああ、王様が狩猟で大きな鹿を仕留めたとかで記念パーティーを開いたアレね。鹿のローストが美味《おい》しかったわ。そこに彼がいたとは好都合だ。

「ええ。……何とかお話するきっかけを探しておりましたけれど、いつの間にかお姿を見失ってしまって。その後お会いする機会もなくて……あの時勇気がなくて、お名前すらも聞けなかったのが心残りでした」

「そ、そうか」

照れたのか少し顔を背けて頬《ほお》を赤くしたリカルドに内心で驚いた。

こんな素直に顔に出てしまうような人が、数年後ヤンデレになる可能性があるなんて、恋って怖いのねえ。十四歳の今も前世でも、そんなドロドロした恋愛にご縁はなかったので、人を変えるほどの恋愛というのが実感が湧かない。

「……実は今日お会いできたことで、後悔を払拭《ふっしょく》せねばと。――リカルド様、あの、女からはしたない質問で恐縮ですけれど、現在心に決めた女性などはおいでなのでしょうか？」

「私か？　いや、そんな人はいないが……」

――よし。何なら殿下とアンジェリーナの婚約が決まった段階で破棄してもらっても構わない。

いやむしろ破棄して欲しい。

リカルドの婚約破棄など王子の婚約破棄の危険度に比べたら屁《へ》でもないし、ゲームではこんな展開はなかったはずだ。生死に関わることも起きるわけがない。

「それでしたら、その……友人からでも構いませんので、私と婚……前向きにお付き合い願えませんでしょうか？」

婚約、と言いかけて思いとどまる。

そうだわ、いきなり婚約の足かせをはめることはない。この世界だって婚約の前にお付き合いしている人は多数いるのだ。婚約・結婚前提の恋人が破談する場合だってある。別れる時も婚約よりは家同士の揉《も》め事だって少ないはずよね。

「お付き合い……わ、私とか？」

上目遣いに見上げると、耳まで赤くなっている。

学園に入る前はこんなにピュアだったのねこの人。何しろゲームを周回しないと会えないし、会った時には既にヤンデレ感満載だった。アンジェリーナとしてリカルドを落とすのは本当に苦労したけど、きっと心の中でゲームの中の私に思いを寄せていたからなのよね。そんな公式資料はなかったけど、まあヒロインじゃないからそこまで載ってないわよね流石《さすが》に。

「いや、だがラリサ嬢のように、美しく可愛《かわい》らしい方であれば、私などよりも王子や侯爵家以上の縁談も――」

「それでは私の思いはどこへ行ってしまうのでしょう……」

ここで断られたら一巻の終わりだ。ぽろぽろと自然に涙がこぼれる。自分で言うのも何だが、一世一代の名演技だと思う。

「あっ、おいっ、泣かないでくれ。すまない」

慌てたように出してきたハンカチを受け取り礼を言いつつ涙を拭う。

ああ、私が今の人生ではか弱い感じの美人で良かった。こんなの昔の自分ならとても恥ずかしくてできない。泣いたら余計《よけい》不細工になっていただろうし。昔も今も美人の涙には価値がある。いや、個人的にはあってほしい。でなければこの醜態を晒《さら》す意味がない。

「――ラリサ嬢の気持ちは分かった。私はその、愛だの恋だのという感覚はまだよく分からないが、勇気を出して声を掛けてくれた女性を泣かすような男にはなりたくない。こちらからも是非《ぜひ》お願いしたい。友人から少しずつお互いを知っていこう」

少しの沈黙の後、リカルドがそう答えて私の手を取ると、軽く手の甲にキスをした。

少し離れたところにいた両親が、この一連の動作に悪い方向にはいかなかったとホッとしたようで、こちらへ向かってきた。

「ラリサ、気持ちは伝えられたの？」

「はい母様、友人からお互いを知り合おうと仰《おっしゃ》って頂けました」

「……そうよね、まずは友人から人となりを知っていくべきね」

「いくら一目惚れとは言え、相性はまだ分からないしな」

「ひ、一目惚れ……？」

リカルドが動揺して更に顔を赤くしている。

……ごめんなさいねリカルド。大丈夫、この危機さえ回避させてくれれば、後は他の女性を好きになろうが一切恨みはしない。いえ、本音を言えば私を捨ててくれていい。万が一そのまま結婚の流れになっても、監禁さえしようと思わないでくれれば、私は一生感謝の気持ちと誠意で尽くすわ。

私の身勝手で利用してしまって本当に本当にごめんなさい。

……ただ、どうして監禁するほど私に執着していたのかがゲームでははっきり分からないし、推測することしかできないのよね。ゲームの中で何か拗《こじ》らせるきっかけでもあったのかしら。

十四歳になっていきなり前世を思い出したせいで、今後の婚約破棄から死まで見えてしまった衝撃はあまりに重かった。緊張の糸一本で繋がっていた心の均衡が、安堵でふっつり切れてしまったのか、私はその場で気を失ってしまったらしい。


目が覚めると私は自分の屋敷の自室のベッドで寝ていた。しかも外は明るい。

「ラリサ様、お目覚めになりましたか」

メイドのチェルシーがノックをして朝食を持って私の部屋に入ってきた。彼女は三つ上の十七歳。そばかすを気にしている三つ編みの可愛らしい女性で、私の頼れる姉的な存在だ。

「おはようチェルシー。ええと、私……」

「昨夜は大変だったのですよ。旦那様と奥様がぐったりしているラリサ様を連れて戻られたのです。パーティーの途中で倒れられたそうですね。お医者様は単なる疲労だろうと仰っていましたが」

部屋のテーブルにサラダやオムレツ、白パンにオレンジジュースを並べながら昨夜の状況を説明してくれた。

なるほど。記憶が飛んでいるのはぶっ倒れちゃったからなのね。

午後のパーティーで倒れてから夕食も食べずに寝ていたからか、お腹《なか》がくるる、と鳴った。

チェルシーの給仕で食事をしながら、昨日のことを考えた。

(……とりあえず、あの時の私にできる最大限の回避はできたはず)

まあリカルド・バーンフェルドに交際を申し込む羽目にはなったが、殿下に見初められるよりは全然マシだ。

それに、思ったよりヤンデレ臭がなかったというか、むしろ好感の持てる人だった。

そういえばあの右目、どうしてケガをしたのかとか、そういった設定は読んだ覚えはないので知らないが、左目だけで暮らすのは大変だろうなあ、と思う。

問題は、今後の対応だ。

アンディーブ学園に入学するのは二年後。ジェイ・アルバイン殿下を、地方の貧乏な男爵令嬢ではあるがその才を認められ、授業料免除扱いで入学するアンジェリーナにどうぞどうぞするのは全く問題ないはず。私は王子との婚約破棄もなければ追放もない。

リカルドについては……正直どう対応すればいいのか分からない。

だって私はアンジェリーナとしてしかゲームをしていないんだもの。ヒロインの当て馬で出てきただけの、ほぼモブに近いような私がどう動けばいいのかなんて、手探りしか方法はないじゃないのよ。

せめてアンジェリーナとして生まれていれば良かったのに、とも考えたが、前世の記憶が蘇《よみがえ》ったからそう思っただけだ。私は優しい両親やチェルシー、家で働く者が大好きだし、スティングレー家に生まれたこと自体に不満などはない。生まれ変わってもスティングレー家がいい。

（問題はリカルドよね……）

友人からお付き合いということで了承をしてもらえたが、どうしてもあのゲームでの狂気に満ちた目が鮮明に蘇る。私の行動次第でいつあの狂気が発現するか予想もつかない。

私は前世に比べたら顔もスタイルも恵まれた女性として育った。これに関しては神様に感謝してもしきれないのではあるが、本音を言えば、美貌に生まれたせいでトラブルに巻き込まれ、非業《ひごう》の死を迎える可能性もワンセットである。過ぎた美貌は身を滅ぼすとか言うけれど、勝手に巻き込まないで欲しいものである。

……本音を言えば普通で良かったのよ普通で。

私はごく普通にごく普通の人と結婚して、穏やかで温かい家庭を築ければ満足なのだ。そもそもパーティーとか気疲れするのに、この見た目のせいで注目度が上がるので余計だ。

今だって立場上、親が無下《むげ》にできない爵位や王族の男性に見初められ、好きでもない人に嫁ぐ可能性はかなり高いのだ、単に器量望みで。

勝ち組と言って茶化してはいても、内心で将来に不安がなかったと言えば嘘《うそ》になる。私の見た目を羨む人から見れば何を贅沢《ぜいたく》な、と思われるだろうが、顔やスタイルに恵まれたからといって、全員が華やかで玉の輿狙いで誰にでもチヤホヤされたい、というわけではないのだ。

だからこそ同爵位のリカルドは、ゲームのことさえ考えなければ家格の釣り合いも取れているし、顔も嫌いではないし、何しろあの魅力的な広背筋は捨てがたい。本の趣味も合いそうだし。――ただしヤンデレにさえならなければ、の話だけど。

そもそもの話、殿下とアンジェリーナが結婚してたり自分とアンジェリーナが結婚したら病まないのに、他とくっつくと病んでしまうのも謎だし、何のご縁かその後結婚した私に対して、そこまで束縛するほど歪《ゆが》んだ愛情を抱えるようになったのか、原因すら定かではないのだ。

アンジェリーナへの恋に破れて心を病み、そこそこ見映えのいい女と結婚したは良いが、自分から離れていくかも知れない恐怖に苛《さいな》まれた、とか？

うーん……顔？　やっぱりこの顔に惚れたのかしら？　まあ確かに美人だものね私。

どちらにせよゲームの制作者側も、そこまで詳細な背景を考えていたか怪しいものだ。美形キャラってだけでプレイヤーである私たちはやり込んだし、見目麗《みめうるわ》しいキャラに浮かれてキャッキャしていたのだから。

「……ん？」

だがよくよく考えてみると、まだ彼はゲームのようにヤンデレてはいない。

そして現在、悪役令嬢ラリサ・スティングレーは、私の知っているゲームの流れと異なる方向に進んでいる。恐らく私と彼の出会いのきっかけもまたゲームのシナリオとは異なっているはずだ。

……ということは、だ。リカルドがこのまま歪まずにまっとうな男性に成長する可能性だってあるのではないか？

監禁エンド発生の余地がないほど健全な精神で成長してくれれば、私は文句なしである。そのまま結婚しても良いのだし、誰か彼に好きな人ができてもその人が不幸になることはない。

私が彼をヤンデレ方面に行かせないようにできれば、誰も不幸にはならず、皆ハッピーだ。私も娼《しょう》館《かん》で肺炎で死ぬという展開も、拗らせて幽閉されることもなくなる。

私は目の前がぱあぁっと開けたような思いで思わず立ち上がったが、

「ラリサ様、食事中でございますよ」

と肩を掴んだチェルシーにぐいっとそのまま着席させられた。

「ごめんなさい。ちょっと嬉《うれ》しいことを考えてたものだから」

「――伺いましたわ。ラリサ様、思いを寄せておられた男性に告白したのでございましょう？　ご友人から健全なお付き合いをされることになったようで、おめでとうございます。……まあラリサ様が断られるなどという選択肢はありえませんけれど」

「まあ、父様も母様もそんなことを？」

頬が熱くなる。全くなんて恥ずかしいことをバラしてくれるのかしら。

「旦那様方も礼儀正しい好青年だと仰ってましたが、こんな美しくてお優しいラリサ様が好意を持たれるのですから当然ではありませんか。むしろ女癖の悪いどうしようもない男であれば、然《しか》るべき処置をするだけです」

「然るべき処置って……本当にチェルシーは過保護なんだから」

私はクスクス笑った。チェルシーは幼い頃からの付き合いのせいか、私を「神がこの世に遣わした天使」とか大げさなことを言い可愛がってくれてるが、若干保護者意識が過激だったり過剰になることがある。

「……ですが、嬉しそうなラリサ様を見ているとこちらも幸せな気持ちになります。その好青年とこれから良い関係になれるよう、私も願っておりますわ」

まあ良い関係になりたいと思うかどうかは今後次第なのだけどね。

「……そうね。ありがとう」

私はそう答えて笑みを浮かべた。

リカルド・バーンフェルドと友人からのお付き合いという話になりはしたものの、私は十四歳、彼だって十五歳である。ホニャララな関係になるには相当早い。

いくら私の両親が甘々であり、娘の好きな人と結婚させたいと考えていたとしても、まだ十四歳の幼い娘だ。どんな付き合いでもウェルカムなわけではない。当たり前の話である。

大体、早くから婚約している貴族同士だって、早くてもアンディーブ学園を卒業して成人として認められてから一、二年後、大体二十歳前後での結婚がこの国では主流である。

ということで、私とリカルドのお付き合いはごくごく健全、時々会ってお茶をして雑談、芝居を見に行く、美術館へ行くといった節度のあるものであり、個人的には前世を含めて初の『異性との交際』の予行演習をさせて頂いている、といった気持ちが強いものだった。

リカルドは初対面で感じたように読書好きであり、絵画の鑑賞も好んでいることを改めて知ったりはしたが、ヤンデレの芽生えみたいなものは一切感じなかった。


本日もカフェで一緒にお茶を飲みながらリカルドと穏やかに話をしていると、あの前世のゲームはあくまでも、とてもよく似た世界観で作られていただけで、リアルにはあまり関係ないのではないか、と思わずにはいられなかった。だって、普通に良い人なんだもの彼。

（――それに、私だって彼のお陰で、殿下の婚約者候補からは上手いこと外れたのだし、流れが全く違ったものになってきているのだから、万が一これがゲームと同じ世界観だとしても、いくらでも軌

道修正はできるんじゃないかしらね）

あのパーティーから三カ月、半年と過ぎるにつれて、私の不安は大分薄れてきていた。

「——ラリサ？　聞いているかい？」

リカルドが私の顔を覗《のぞ》き込んできたので、慌てて考えごとを頭から振り払う。

「まあ、ごめんなさいねリカルド。何だか秋口になってから過ごしやすいじゃない？　夏の疲れが出たのかしら、すぐぼんやりしてしまって」

「ああ確かにね。読書にも良い季節だよね」

穏やかに笑みを浮かべるリカルドとも、出会った当初よりも大分親しくなってきたように思う。

私も彼も同世代の異性と二人きりで会うという経験がなかったため、最初の一カ月ほどはぎこちない、というかお互いに気を遣っていた。私も屋敷に帰ると毎回疲労がどっと出ていた記憶がある。

だが、今まで読んだ本の話をした際にとても好みが合うことが分かってから意気投合し、そこからは徐々に気軽に話せる関係になったと思う。

「ところでぼんやりしていた時の話をもう一度聞いていい？」

「仕方ないなあラリサは」

苦笑して、来年の入学の話だよ、とリカルドは続けた。

「ラリサは寮に入るのと屋敷から通うのとどちらにするの？」

「ああ……」

私は考え込んだ。

アンディーブ学園は遠方各地からも貴族の子女が入学するために、寮制度というのがある。もちろん使用人などは立ち入り禁止で、自分のことは自分でしなくてはならないが、同級生との夜のガールズトークや寮生同士の交流イベントなどがあったりして、通いより一緒にいる時間が長いため気心も知れ、卒業後も長い付き合いの友人ができる可能性が高いと思うよ、と父様が教えてくれた。

私の屋敷からアンディーブ学園へは馬車で四十分以上かかる。入寮条件が自宅から片道三十分以上の通学時間がかかること、とあるので条件そのものは満たしているのだけど……。

「入りたい気持ちはあるのだけど……私は人見知りだし……」

お茶を飲んだりする近所の同世代の友人は数人いるけれど、リカルドほど頻繁に会うわけではないし、ものすごく仲が良いかと言われると微妙だ。貴族同士というのはこういうものだと普通に考えていたが、前世の記憶が蘇ってみると、表面上のよそよそしい関係にも思える。

結局、いくら見た目が良かろうが、性格的な部分は前世からあまり変わっていないような気もするのよね私。

何というか、深入りするまでに時間がかかるというか、しつこく石橋を叩《たた》いてから関係を築く感じだろうか。信用しすぎて嫌われた時に傷が深くなるので、最初から線を引いて付き合うような、臆病なところが自分にはある。外見はきっと受け入れられやすいとは思うのだけどね。

　パーティーなんかだと世間体もあって、誰とでも笑顔で接する朗らかな美少女を演出していたりすることもあるけれど、親しくもない間柄でも馴《な》れ馴れしく近づいてくる人は案外多くて、対応には正直気疲れする。……どうでも良いけれどサラっと自分で美少女って言い切れるのってすごいわね私。いや実際に美人なんだけど。

　ただナルシストかと言われると少し違うのよね。単に客観的に今の自分のパーツを評価しているだけで、美人だから優遇されて当然とか、チヤホヤされて当たり前とかは思わないし。だって永遠のものじゃないものねえ若さも美しさも。残念だけど。

「……リカルドはどうするつもりなの？」

「私かい？　――屋敷から片道一時間は流石に時間が勿体《もったい》ないだろう？　寮に入れば往復二時間分の時間は読書や勉強に充《あ》てられるしね。……それに、父が早く亡《な》くなったせいで、去年学園にも通ってないのに爵位を継ぐことになってしまっただろう？　恐らく卒業してからも領地の仕事に追われるだろうし、親しい友人を作る機会も学園の三年間しかないかなと思って、入ることに決めたんだ」

「そうだったわね……」

　今もリカルドは信頼できる執事と、父親の右腕と言われた秘書に経営を学んでいるし、かなり忙しそうだ。卒業したらなおさらだろう。

「私も、寮生活、頑張ってみるべきかしら……」

気の合う友人と気の置けない会話。深夜のコソコソとする恋バナ。青春時代というのを体験できる貴重な三年なのは確かだ。

「ラリサも寮に入ってくれたら嬉しいよ。一年遅れにはなるけど、二年間は近くにいられるからね」

最近では私の片思いからのアタックはまるでなかったようになり、普通に仲良しの友人関係になっているので、私と同じく友人があまりいない彼にとっても、近くに親しい友人がいるのは安心するのではないかと思う。

まあ男女の寮は隣り合っているとはいえ別棟だし、言うほど近いかと言われると難しいところだけれど。

「そうね。入学したらどんな感じか教えてくれる？　それから前向きに検討するわ」

「分かったよ。あ、入学してからも定期的に休みには戻るから、私のことを忘れないでおくれよ？」

「やあね、忘れるわけないでしょう。私の大切な数少ない友人なのよ？」

「友人……うん、そうだね……友人だからね」

穏やかに微笑《ほほえ》むリカルドは少し寂しそうだったが、私も再来年から学園生活のカウントダウンがいよいよ始まるのか……とまた色々と考え込んでしまい、彼の表情の微妙な変化に気づくことはなかった。

第二章　アンディーブ学園入学

翌年の春になり、リカルドがアンディーブ学園に入学し寮へ入ると、私はほぼぼっち生活となった。

自称友人と思っている人とは数回お茶をしたりもしたのだが、私には興味がないお洒落《しゃれ》やメイクなどの話、近所の醜聞などばかりで退屈だったので、何度か遠慮してたら誘ってこなくなった。

美人だからってお洒落に興味があるとか、メイクに目の色を変えると思わないで欲しいのよ。よそ様のプライベートな話も、私の家に関わりがなければご遠慮したいのよ。他家の秘密なんて抱えないで済めばそれに越したことはないもの。平穏さこそ今の私には必要なのだから。

考えてみたら、リカルドは将来ヤンデレ予備軍とは言え、趣味は合うし話をしていて退屈することはなかったわ。彼と会えないのは思った以上に寂しかった。

早く誰かに惚《ほ》れてフェードアウトしてくれとか捨ててくれとか思ってごめんなさい。大事な友人として、できるだけ長いことこのぼっちのそばにいて欲しいものだわね。


「ラリサ様、あまりご自宅にこもってばかりではカビが生えますわよ」

勉強の後、続きを読もうと楽しみにしていた本を読む気分にもなれず、ただぼんやりと庭の花を眺めていたら、チェルシーがタルトとレモンティーを運んできた。そしてリカルドからの手紙も。

「……リカルドって本当にマメねえ。最低でも週に一度は手紙くれるんだもの。返事を書いていたら次の手紙が届くって一種のいじめよね」

「頂いてすぐ次の日にお返事を書けば良いだけのお話ではございませんか」

「そうは言うけれどね、毎週毎週そんなに面白い話のネタが転がっているわけではないのよ？　自虐ネタも限界があるしね」

「ですから何故《なぜ》サーカスのピエロのように一回一笑みたいな縛りプレイをするのですか。ラリサ様が返事を書いただけでリカルド様は大喜びですわ」

「分かってないわねチェルシー。時候の挨拶《あいさつ》だけを並べた手紙なんて、読書好きのリカルドには退屈なだけよ。何としても面白い話をして笑わせなければ」

「好意を持つ殿方へ向ける熱意の方向性が、間違っていると考えたことはございませんか？」

「あら、何も熱意のない手紙を送る方がかえって失礼じゃないかしら？」

「……まあ間違いではございませんが」

　リカルドは穏やかに口角を上げるとか少し微笑《ほほえ》むという変化はあるのだが、私といる時に大笑いした姿を見せたことがない。

（……何というか、少し陰があるというか、屈託みたいなものを感じるのよねえ……うーん、根が真《ま》面目《じめ》すぎるのかしら）

　私がつまらないだけなら、それは仕方のないことだ。だが、少なくとも現在は友人として友好的な関係を保っているのだし、フォークやスプーンが転がっても大笑いできる十代である。可能性はある。

私はただ彼に、時には大口開けてバカ笑いを見せるような、元気で陽気で能天気な、晴れた空のような人になって欲しいのである。

【心の曇りは性格の曇り】なのだ。闇が深くなることで、ふとしたことからヤンデレの持病が発症するかも知れないのだ。彼の現在の性格は思いやりがあって、優しく聞き上手で頭も良い。穏やかで声を荒げることもないし、顔も片目は不自由ではあるが大変イケメンである。

ついでに言えばやせ型なのに肩幅も広く、背後からの逆三角形の美しさが半端ない。ザ・理想的な抱きつきたい背中なのである。まあこれは私の個人的な好みであるけども。

……誰だってあるじゃないの。仕事をしている白いワイシャツ姿の男性の後ろ姿に惹《ひ》かれるとか、まくり上げた腕の筋肉質なところがゾクゾクするとか。私にはそれが広々とした広背筋というだけのことだ。

それは良いとしても、現在何の力もない十五歳の私ができることは、彼が病みを溜《た》めないように、なるべく笑顔を見せてくれるよう行動することしかできないのだ。となると笑わせる方向に全振りするのは一番現実的な対策なのである。

私個人としても、リカルドの笑顔は癒やされる。

とにかくヤンデレ、ダメ、ゼッタイ。

お茶を済ませて、レターセットを取り出すと、私はため息をついた。

さて、今日はどんなネタを書こうかしら。

ふと近くの鏡台に映る自分の姿に目をやる。

白い清楚《せいそ》なワンピースにシンプルに後ろでひとまとめにしたプラチナブロンドのサラサラな髪。綺《き》麗《れい》な二重の潤んだような瞳《ひとみ》に整った目鼻立ち。お世辞でなくとも美人、それもとびきりの美人だ。ハリウッドの女優と並んでも引けは取らないのではないかと贔屓目《ひいきめ》なしに見ても思う。

「……でも正直、今の人生でこの美貌を活《い》かせているかというと謎だわね」

思わずそう呟《つぶや》く。何故この美貌で、机の前でひたすら笑い話になるようなネタを考えて四苦八苦しなければならないのか。美貌関係ないわよねこれ。

……ただ、この苦労の甲斐《かい》あって、少なくとも現在のリカルドはまっとうだ。精神の深い闇は感じられない。

この調子で私が学園を卒業するまで頑張れば、何とかなる。

王子が入学してくるアンジェリーナを見初《みそ》めて無事結婚してくれれば私は安泰だ。

本来はいじめる立場になる歴史だったが、現在婚約者でもないのだしそんなものはぶん投げる。私はアンジェリーナの良い友になって王子をどうぞどうぞする。私の人生はそこからなのだ。

それからもリカルドとは、二通もらって一通返すのがやっとの頻度だったが仲良く文通を続け、いよいよ私がアンディーブ学園に入学する春がやってきた。

十六歳、ラリサ・スティングレー。

私の人生、私が主役、私のターンよ。

何があろうとも、平凡で平穏な幸せを勝ち取ってみせるわ。


「……ふぅ」

私は寮の二階にある自分の部屋の片づけを終えて息をついた。

入学式は明後日だが、入寮者は荷物の整理などがあるため三日前には引っ越しを許可されている。

従ってもう既に学園の敷地内にいるのだ。

まあ基本的に普段は制服で過ごせば良いし、週末などは普段着のワンピースやツーピースなど気に入った服と靴をいくつか運んできているので問題ない。三年間一切屋敷に帰らないということもないので、一カ月分ぐらいをローテーションで着れば良いんだもの。必要なものがあれば取りに戻ればいいだけ。貴族であっても、ひらひらした手入れの面倒なドレスなんて、せいぜい学園主催のクリスマスパーティーとか卒業式みたいなイベント的な場面でしか着ないものね最近は。

幸いなことに通いの寮母さんがいて、毎月定額を払えば洗濯も適宜お願いできるとのことなので安心した。値段もかなりリーズナブルだ。

別に私もやってやれなくはないのだけど、洗濯板でゴシゴシと石鹸《せっけん》をつけて洗わねばならず、かなりの力を要する。絞るのはコロコロしたローラーがあるんだけど、あれも力いるのよね。私は一応貴族のお嬢様育ちで、特に運動などもしていなかったのであまり握力や筋力に自信がない。大きめのトランクを部屋に運び込むだけでも結構苦労したし。

ここは申しわけないが甘えさせて頂こう。全部いきなりはできないものなのですよ。

食事についても普段の食事は食堂で食べることになっている。

キッチンを若い学生が使う部屋に置くと火の不始末などが怖いということで、お茶を飲むため食堂から湯を運んでくるポットとカップ、それと小さな洗面台が一つある。

この国は、乙女ゲームだった世界が舞台のせいなのかは分からないが、魔法だの魔物だのそういういわゆるファンタジー要素はない。前世の記憶が蘇《よみがえ》ってみれば、ほんの少し残念な気持ちがなくはない。魔法とか使ってみたかったのだけど。ま、変に争いごとも起きそうだし、実際はないに越したことはないのだけど。

個人の部屋自体はそこそこ広い。大体日本の計算で言えば八畳ぐらいはあるだろうか。ベッド一つに勉強机と椅子《いす》、それに洋服ダンスが一つ。後は畳一枚分ぐらいの収納扉があるだけの白壁のシンプルな部屋だ。シーツや肌掛けの毛布など備品は定期的に清潔なものに交換してくれる。

ここで三年間過ごすのねえ私、と思うと何となく愛着が湧いてきて、丁寧《ていねい》に掃除をした。この辺は前世の知識もあるし、チェルシーにも事前に教えてもらったので失敗することなく、床も綺麗に拭き、窓ガラスも曇りなし、洗面台や鏡もピカピカととても居心地の良い居場所になった。

一通り済んでポットでお茶を淹《い》れると、椅子に座って入学の手引きを改めて引っ張り出して目を通す。

（……入学式とは言っても、初日は授業もなく自己紹介と部活動の説明だけなのね。教科書もその日に配付してくれるみたいだし、実際の授業は翌日からかしら？）

話の合いそうな親しい友人ができたら良いなあ、と思うものの、基本的に私の顔はかなり派手派手しい。胸もお尻も伸び盛りなので、更に成長してボンキュッボンのナイスバディである。顔も順当に美貌が増している。そして見た目の派手さに反して悪質な言動や傲慢《ごうまん》な態度をとるようなことはない。いや多分ないと思いたい。お洒落に余念のない女性なんかは、私のような女性と仲良くなりたいのではないかと思ったりもする。少なくとも避けられたり不快感はないだろう。

——だけど、また近所のご令嬢たちみたいに「あなたその顔でお洒落やメイクに興味がない？　趣味が読書とか絵画鑑賞とか散歩って冗談でしょ？」と言われるかも知れないなあ、と考えると少し憂《ゆう》鬱《うつ》になる。

見た目が眩《まぶ》しい太陽だとすれば、中身はその太陽の光でできる日陰みたいなものなのよね。

ただ単に静かに穏やかに過ごすのが好きなだけなのになあ。

それでもある程度は気心が知れるまでは、興味のない話でもそこそこお付き合いはしなくてはね。

ずっとぼっちのままなのも、穏やかっていうより人間関係が過疎化しているだけな気がして切ないもの。

「……あ、リカルドに今日引っ越しだって伝えるの忘れてた」

引っ越しの準備で忙しくて、二回ほど手紙を出しそびれていたのを今さらになって思い出した。

しかし男子寮と女子寮は別棟であり、男女ともお互いの寮に出入りできるのはどちらも一階のエントランスホールまでである。学園としても学び舎《や》でイチャコラされても困るだろうし、規律は大切だ。私だって自室の両隣とかで、カップルがイチャイチャしている様子を聞かされたらたまらない。まさかベッドでどうこうまではないだろうけど。

（――あ、でも手紙は受付の人に頼めたわよね？）

手引きを改めて読むと、家族の差し入れや手紙など入寮者への伝達は受付の担当が対応となっているようだ。

コソコソ来たと思われたくなかったので、今日引っ越しをしてきたことと、荷物の準備で忙しくて手紙を書く時間がなかったことを詫《わ》び、これから二年よろしくね！　とメッセージを綴《つづ》った。

少し遅くなったけど、食堂へお昼を食べにいくついでに受付に預けてこようっと。

掃除で汚れた服を脱ぎ、汗を拭うとブルーのワンピースに着替える。

お風呂は大浴場とシャワー室が一階にあるのだが、夕方五時からしか使えないので今は諦めるしかない。

部屋を出て一階に降りると数名の入寮生たちとすれ違った。まだ入学生か先輩かも分からないし、目礼だけに止《とど》めたが、物静かな雰囲気の子もいてちょっとだけ安心した。

今後仲良くなれるか分からなかったけれど、期待はできるわ！　と内心で拳《こぶし》を握る。

外に出て隣の男子寮の受付に向かおうとすると、偶然入り口の辺りで友人らしい数人の男性と話をしているリカルドがいた。

受付まで行かなくて済んだわ。「リカルド」と小さく声を掛けると、ハッとした顔で周囲を見回したリカルドが私を認め、何だかものすごい勢いでこちらに早足でやってきた。顔つきが険しくてちょっと驚く。

「ラリサ、いつ寮に引っ越したの？」

「え？　ああごめんなさいね、今日なの。手紙を書こうと思ったのだけど準備で忙しくて出せなくて、それで手紙を受付に預けておこうかと……」

「ダメだ。男子寮は獣ばかりだから」

「——は？」

「ラリサは少し自覚した方がいい。若い節操なしの男ばかりの場所に危機意識もなく受付に行こうだなんて、その場で襲われても文句言えないよ？」

いや、男子寮の受付で襲われるとか思うわけないでしょ。確かにまあ私は顔とスタイルにはそこそこ自信あるけども。公の場所でそんなバカな真似《まね》をする貴族の令息なんているはずがない。家の問題にもなるもの。

でも何だろう。この一年は長い休みの時にしか会ってないから気づかなかったけど、口調は前と同じで優しく穏やかだが、顔が緊張しているし以前より表情が暗く、心の闇が発生している気がする。

……ねえ何でですかー神様――。

何でリカルドが憂いを帯びてるんですかー？

私一生懸命やってましたよねー？

自分でも精一杯頑張ってたと思うんですけれど、何がいけなかったんですかー。

「……ごめんなさい」

ここで言い返してもしょうがないので一応謝ると、リカルドはハッと目が覚めたような顔になった。

「――いや、私こそ驚かせてごめんよ。ラリサみたいな可愛《かわい》い女の子が男ばかりのいるところに来るのは危ないと思って、つい厳しく言ってしまった。絶対に他のろくでもない男たちに声を掛けられたらいけないと思ったから。ご両親にも心配させてしまうだろうし」

学園生活送っていれば、共学なんだし、男子生徒に声を掛けられるのも当たり前にあると思うんだけどなあ。

……そうか。彼は一年早く学園生活を送って来ているから、乱暴な男子もいると知ってて心配してくれてるのかしら。相変わらず優しいわねリカルドは。

「ありがとう。次からは気をつけるわ。バタバタして手紙も出せていなかったから気になってしまって早く連絡したかったのよ」

「気にしないで。こっちもごめんよ。ところでこれからどこにいくの？」

「え？　ああ、掃除も終わったから食堂でお昼を頂こうかと」

「じゃあ私も行くよ。ちょうど小腹が空いたところだったからね。久しぶりに積もる話でもしようよ」

　ああ良かった。いつもの温和な彼の顔に戻っている。

「そうね！　何がお勧めか教えてね」

　私は気のせいだったかとホッとして一緒に並んで食堂へ向かうことにした。やあね、本当に一瞬闇属性が発動したかと思って泣いてしまいそうだったわ。いつもの穏やかな仲良しのリカルドだわ。


　……私の判断は本当に甘かった。

　そう実感したのは、相当後になってからだった。


　入学式での私は何というかまあ……注目の的であった。

　この世代の女子というのは、元々が誰しも若さでキラキラと輝いているものである。ただそれに加えて幼少から期待を裏切ることなく、粘土のようにペタペタと美貌を付け足してきた私。周囲の女子が美味《おい》しくてもシンプルなバニラアイスだとすれば、私はチョコレートパフェとかプリンアラモードみたいなものだ。同じブレザーの制服を着ているので差が如実に出るのだ。

こう言ってると「傲慢」と思うだろうが、本当に客観的に見ても美人なんだもの。

自分も他人事《ひとごと》のように鏡を眺めては「いやーしっかしまあお姉ちゃん綺麗だねえ」と酔っ払ったオイチャンのような言葉が口をついて出てしまうほどだ。ここで謙遜しても意味はない。見目麗《みめうるわ》しく生んでくれた両親には感謝しかない。

伊達《だて》にゲームで殿下の婚約者にのし上がっていたわけではないのよ。

まあそれもアンジェリーナが現れるまでの話なのだけど。

式ではジェイ・アルバイン殿下が生徒会長ということで壇上で挨拶をしていたけれど、やはりゲームでも一番人気だっただけあって、十七歳現在でもかなりのオーラを放つ正統派美少年である。

初めて間近で会う王子の姿に、一年生たちからも熱い眼差《まなざ》しと歓声が上がっていた。何故か私と視線が何度か合ったように思うが、まあ単にたまたま視線が通り過ぎただけだろう。

ジェイ殿下、あなたとのご縁は二年前にぶった切ったはずですわよ。

注目を浴びるほど綺麗なのは自分でも分かってます。でも、アンジェリーナが現れたらそちらに夢中になるはずです。彼女はダークブラウンの艶《つや》やかなサラサラロングヘア。庇護《ひご》欲をかきたてられる小動物系の愛らしさを兼ね備えた美貌。私のようにただ綺麗、というだけじゃない圧倒的なヒロインクオリティーというものがあるのです。私という邪魔者が最初から存在しなければ、問題なく愛が育めるというものですわ。ふぁぁいと。れつごーれつごー。やる気が感じられないでしょうが、心から応援しております。主に自分のために。

……そう言えば、殿下はまだ婚約者が決まっていなかったわね。それもゲームの時とは違う。てっきりあのパーティーで誰かに目星を付けたと思ったのに、ゲームの流れでいう当て馬の私が戦線離脱したので、ここも流れが変わったのかも知れないわ。

――まあアンジェリーナが現れて婚約破棄されてしまうであろう女性が可哀想《かわいそう》なので、むしろ現在フリーの方が良いのかしらね。正直彼は私の地雷案件なので、近くにいないでくれればそれだけで良いのよ。

教室で共に学ぶクラスメイトと自己紹介を交わし、教科書を受け取り本日は各自解散になる。

んー、読書好きな感じの物静かな子はいるんだけれど、私と目を合わせようとはしてくれないのよね。あれかしら、私は恐らく見た目からパリピみたいな分類をされてるのかしらね。寂しいけれど、少しずつ会話をすれば打ち解けてくれるかも知れないし、まだ諦めてはダメよね。

その代わりと言ってはアレだけど、学業をすべき場所なのに派手なネイルでアクセサリーや化粧までしている本物のパリピらしき女子は、やたらと好意的な眼差しを向けてきていた。

趣味嗜好《しこう》が全く合わないと思うのだけど。

あと男子からは、まあ概《おおむ》ねじろじろと見られていたわね。これは致し方ないわ、ガワが美人なんだもの。

しかし一番残念なのは、アンジェリーナは隣のクラスになったらしく、クラスメイトになれなかったことだ。

（……二クラスしかないのに運が悪いわね私も）

ここからどうやって彼女と親しくなって、殿下とくっつけることができるのかと考えると、道のりはかなり厳しいように思える。

部活動で一緒になるルートが一番手っ取り早いと思うけど、ゲームでは恋愛に必要なパラメータを上げるためのものだったから、攻略キャラによってコロコロ入り直していた。現時点でアンジェリーナが誰メインか分からないのでどうしようもない。

「ラリサ様、上級生の方がいらしてますわよ」

教科書を用意してきた紙袋にしまったまま、教室の中でこれからのことを考えていると、まだ名前も覚えていないクラスメイトから声を掛けられた。入り口のところにリカルドが笑顔で立っている。

私は少し驚いて荷物を抱えてリカルドのもとへ向かう。

「まあリカルド、私何か予定をしていたかしら？　記憶にないのだけど」

「いいや。だけど最初に配付される教科書が結構多いのは経験から知っていたからね。ラリサにはちょっと重たいだろう？」

そう言うとさり気なく紙袋を持ってくれた。つくづく紳士なのよねリカルドって。

「助かるわ。寮までの我慢とは思っても十分ぐらいは掛かるものね」

直線距離だとそんなに離れてはいないのだが、入り口の門の関係で大きな運動用のグラウンドや室内体育館、食堂など学園の敷地を囲った塀をぐるりと回る形になるので少々歩くのだ。まあそれでも散歩レベルだし、足も使わないと退化しそうなので良いのだけど。

　ただ三年間使うことになる教科書や資料の厚みがかなりのもので、五、六キロぐらいはある。か弱い女アピールをするつもりはないが、今のところ実際非力なので、リカルドの思いやりには感謝しかない。

　寮の入り口まで送るよ、というリカルドの言葉にありがたく一緒に並んで帰りながら、私はリカルドに聞いてみる。

「スポーツ系の部活って、女性もかなりやっているのかしら？」

「ん？　そうだね、女性が参加しているのも割と多いね。陸上とかバスケットボールとか……テニスもやっている女性はいるよ」

「そう……」

　確か活動日が被らなければ二つまでは入れるはず。アンジェリーナが入る部活をリサーチして同じところに入るのと、文化系だったら別に自分のために運動系の部活に入って少し筋力を鍛えないとダメよね。これからの行動を支える資本は体力からだもの。大人数でやるような球技は苦手だけれど、個人で走ったりするのならば何とかできそうだ。

「どうしたの？」

「え？　ああ、私は体力がないから、基礎体力をつけるためにスポーツでもやりたいなと思って」

「……それは賛成できないな」

「どうして？」

「運動部って運動着を着ないといけないんだよ？」

「それはもちろんよ。動きにくいじゃないの」

「分かってないね。ラリサはただでさえ美人なんだから、部活だって君目的で入ってくるようなクズが多いに決まっているだろう？　そこで肌の露出が多い運動着なんて着て運動してみなよ。そういう奴《やつ》らへのご褒美でしかないじゃないか」

「それは大げさじゃないかしらね。純粋にその運動が好きで頑張っている人たちも多いだろうし、頑張っている人に失礼よ」

「相変わらず危機感がないね。男は全部ラリサ目的に決まっているよ。もちろん運動をするのは悪いことじゃないけれど、基本的な運動とか筋力をつける体操なんかは私が教えられるし、無理して運動系の部活をやる必要はないと思うな。室内でやる部活の方が良いんじゃない？　ほら、読書とか手芸とか料理とか女子も多いし、友だちも作りやすいと思うよ。気の合う女の子と友だちになりたいってラリサいつも言っていたじゃないか」

「……それもそうね」

　確かに女子が多い部活の方が友だちできるかも知れないわ。アンジェリーナがそういうところに入ってくれれば一番良いのだけれど。

……最近理解したが、多分リカルドはチェルシーと同じなのねきっと。過度な心配が過保護に直結する感じだわ。少々息苦しくなることもあるけれど、私を心配してくれるのは素直に嬉《うれ》しいので、そんなことを考えるのは贅沢《ぜいたく》というものだわ。

「いつも心配してくれてありがとう。よく考えてみるわ」

「うん。そうだね」

その後、歴史担当の教師は厳しいから居眠りしたらダメだとか、そんな雑談をしながら寮のそばまで戻ってくると、数人の男子が立ってこちらを見ていた。

彼らの顔がはっきり見えた途端、私は自分の血の気が引くのを感じた。

ジェイ・アルバイン殿下にグウェイン・ハーロウ、ビリー・マッケンジー。

ゲームの攻略キャラそろい踏みである。

……ひいいい。

「やあ、リカルド。……そちらは確か、噂《うわさ》のラリサ・スティングレー嬢だね。入学式では周りの男子生徒たちが『今年の新入生はとびきりの美人が二人もいるぞ！』と騒いでいたが、一人は君だね」

……ジェイ・アルバイン殿下。これがメインキャラの力なのか、笑顔一つでそよ風すらも彼のために流れているような、その場を鎮圧する圧倒的な柔らかな美貌とオーラ。声も耳に心地良いテノールボイスである。

横に立つショタ系童顔のグウェインや、ちょい悪風イケメンのビリーもかなりの圧を感じてしまう。

彼らは皆リカルドと同じく二年生だ。

どちらにせよ、私は彼らとは一切関わりたくない。何が起きるか分からない男たちは百害あって一利なし。悪霊退散。はらったまきよったま。

「……もったいないお言葉でございますわ」

誰とも視線を合わせないように頭を下げる。そうだわ、聞き流してしまいそうになったけれど、とびきりの美人を二人見たということは、間違いなく一人はアンジェリーナだ。

——自分がとびきりの美人の一人であると断定できるのもアレだが、実際美人なのだから仕方ない。だけど中身は引きこもり系の読書大好きな地味女子である。プラマイゼロのようなものではなかろうか。

「リカルド、君は彼女と親しいと聞いているが、婚約などはまだ？」

「——ええ。彼女の卒業を待って、と考えております」

……え？　そうなの？

私は一瞬固まったが、思い返せば元々は私からアタックしたんだったわ。すっかり友だち状態になってしまっていたが、リカルドも他の女子と仲良くなったという話も一切しないし、相手が私しかいなければそりゃあ必然的に私になるわよね。私だってよく知りもしない男の人と結婚するより、気心の知れたリカルドの方が良いに決まっている。優しくてイケメンで浮気性でもなさそうだし。

——このまま闇の扉さえ開かなければ、の話だけれども。

「それはそれは……いやあ、世の美人がまた売約済みになっちまうと思うと悲しいよなあ。そうだろグウェイン？」

ビリーがグウェインと肩を組んで私に笑い掛けた。

「僕はまだそういうのよく分からない。ビリーももう少し乱暴な口調を改めたら、女性に怖がられることもなくなるんじゃないの？」

「うっせえよ、大きなお世話だ」

「こらこら、うるさいぞ。すまないね、お邪魔してしまった」

ジェイが手を挙げると二人を促して去っていく。

ずっと息を殺していたので、彼らが男子寮の方に消えていき、見えなくなってからようやく呼吸ができるような感じでそっと息を吐いた。

「――ラリサ、殿下と話すのは初めてかい？」

「子供の頃に一度ご挨拶をした記憶はあるけれど、ほぼ初めてのようなものね。いきなりで驚いたわ」

「まあ学園内では身分関係はないから、単純に先輩後輩の感覚で問題ないよ。……ほら言っただろう？　君は殿下も注目してしまうほどの美人なんだから、さっきの運動部の件も決して話半分に聞いていたらダメだよ？」

「んー、そうね。運動についてはリカルドに教えてもらおうかしら。でも、リカルドも勉強とか忙しいだろうから空いてる時間があれば、で構わないわ。基本を教えてくれたら、自分の部屋でもできるだろうし」

「分かったよ。でもそんなに気にしないでいいのに」

女子寮の前まで荷物を運んでくれたリカルドは、

「またね」

と手を振り去っていった。

私は階段を上り、部屋に教科書を持ち帰ると、壁に作り付けになっている本棚にしまう。

「ああ、本当に驚いたー……」

そう呟いて、ベッドにごろんと横になり天井を見上げた。

あと二年は地雷原が身近にある状態で生きていかねばならないのか。

改めて考えると、ゲームの時と違い、王子と婚約↓婚約破棄のルートに乗ってない私は、安全圏にいると考えて良い。今のところは。

ただ、アンジェリーナが王子と結婚せず、自分以外の他の誰かとイチャコラするとリカルドがヤンデレ覚醒するという危険は未《いま》だ残っている。

アンジェリーナへの恋慕を断たれて私へ理不尽な恨みを向けたのか、そもそも昔から私ラリサを思っていたのか？

その辺りの細かな心理描写まではゲームではなかったので、本当のところはどうなのか未だによく分かってはいない。

けれど、それはあくまでもゲームの中の話であって、現在の状況は色々異なっている。殿下と婚約しているはずの私は、リカルドと友人になっていて幸いなことに良好な関係を築けているし、アンジェリーナとリカルドはまだ出会ってすらいないのだ。

殿下とアンジェリーナも学園で知り合う設定だったし関係もまだこれからだろう。

ここからは個人的な推測にはなってしまうが、思い出してから数年経《た》ち、若干おぼろげになってしまった前世の記憶をかき集める。ラリサ考えて、よく思い出すのよ。

――確か、ええと……そうだわ、リカルドの場合は、アンジェリーナが殿下と自分以外の誰かと結婚する流れになったらヤンデレ化するのよね。

その後リカルドと私が結婚することになったいきさつまでは情報がなかったので知らない。

あくまでもサイドストーリーで触れられるだけだったので、サラっとした文章だったが、「実は幼い頃からずっと私に思いを寄せていた」とか何とか書いてあったように思う。……いや、違う。どうも私の記憶と齟齬《そご》がある気がする。

それではその大好きな私と結婚しても闇の状態なのが説明がつかないではないか。

断定はできないが、あのゲームの中ではアンジェリーナが主役だったのだ。リカルドはずっとアンジェリーナを思っていたのが正しいだろう。

あの頃同人誌なんかもよく出ていて、ＩＦストーリーなんかもマンガや小説で書かれていたから、記憶がごっちゃになっているような気もするわね。

現在のこの世界で、前世の記憶が蘇った私がリカルドと出会ったのは十四歳で彼は十五歳。流石《さすが》にそこからの記憶はちゃんとしているが、リカルドはそれまで私の存在に気づいていなかったのだから、初対面と考えて良いだろう。少なくとも私には覚えがない。

むしろ私が好意を持っていると嘘《うそ》をつき、強引に友人になってもらったのだ。

あれから何年も経つが、彼から昔私と出会って仲良くしていたなどという話も聞いてない。

私の小さな頃と言えば、大好きな両親に、家にいて本を読むのが好きなだけの暗い娘だと思われたくなくて、外では明るく陽気で気配りもできる良い子キャンペーンを勝手にやっていた。

知らない人が多いパーティーなど無理に人懐っこく振る舞っていたせいで、あまり誰と話したとか何をしたとか覚えていないことが多いけれど、今のところそれで何か問題が起きたということもないので、そつなくこなしていたのではなかろうか。

アンジェリーナと結ばれなかった悲しみ、そしてその間抑圧していたリカルドの精神が周囲から人が離れることへの恐怖になり、執着に繋《つな》がったのだろうか。私と結婚して更におかしくなり、監禁状態にしないと安心できないようなヤンデレになった、といったところか。

この辺りは私が勝手な想像で話を膨らませているだけなので、全くの見当違いという線もある。

ただリカルドはお母様が病気で早く亡くなられて、お父様も既に逝去されている。

年の離れた義理の弟とは仲が良いと聞くが、若い義母とは折り合いが悪いとも聞いているし、幼少から複雑な家庭で育っているのだ。アンジェリーナを好きでいることで傷つきやすい心が守られていたのであれば、ゲームの世界とは言え希望を失って闇堕《お》ちしても不思議ではない。

……まあ現時点ではそんな闇は全く見えない好青年としてすくすく育っているように思える。

これもきっとゲーム世界とは流れが変わったからなのかも知れないけれど……でも私も四、五歳ぐらいからの記憶まで遡ってしっかり覚えているかと言われると、大抵の人と同様そこまでの記憶はないのよねえ。

せいぜい家族でピクニックに行って私が蜂に刺されたことがあった、とか初めてポニーに乗せてもらった、とか印象深い出来事があった時ぐらいしか覚えてないのよね。だからリカルドに絶対に会ってないかと言えば断言はできない。親のおまけで行ったパーティーとかも、美味しかった食べ物ぐらいしかまともに覚えてないぐらいだし。

でも仲良しだったなら何回か遊んだことぐらいはあるだろうし、両親も覚えているはずだもの。だからあくまでも多分、としか言えないのよ。

私はあくまでも当て馬であってヒロインではなかったから、扱いは雑で当然なのだけど。

現在の私とリカルドの関係で言えば、大変仲の良い友人、と言ったところではないだろうか。

ゲームのように、何らかのきっかけがあって愛情が芽生えたというよりは、学園を出たら婚約する発言が出たのも、これまでの付き合いでお互いに気心が知れているし、単におさまりが良いってだけなのじゃないかしら？

……ああ、何だか色々と考えていたら頭が痛くなってきたわ。

今の流れとしては、ゲームヒロインであったアンジェリーナの攻略対象である、生徒会長のジェイ殿下、生徒会の書記であるグウェインと、サッカー部の部長として生徒会に出入りしているビリー。彼らが身近でフリーの状態なのが不安なのだ。

きっと今後アンジェリーナがジェイ殿下に突き進んでくれれば何の問題もないはず。それならば私はジェイ殿下とアンジェリーナの恋路を後押ししつつ、するするっと後退してドロンすれば良い。

生徒会絡みとサッカー部さえ回避すれば、あの三人と関わる確率はかなり下げられると思うので、これは何とかなるだろう。

「……結局のところ、鍵はアンジェリーナなのね……」

どう動くにせよ、早く殿下とくっついてもらわないと落ち着いて学園生活が送れない。今ジェイ殿下と婚約してないからと言って、どんな力が働いて私の追放、娼館《しょうかん》エンドが復活するか分からないのだから。

それを回避するためにも、早めにアンジェリーナといじめもありえないような仲良しの関係になりたいが、どうすれば自然に仲良くなれるのだろうか？

悶々《もんもん》と考えに耽《ふけ》っているうちに、制服のままうたた寝してしまったらしい。ふっと時計を見ると夜七時近い。慌てて服を着替え、食堂へ向かう。男女が入れる大きな大食堂以外にも、寮の中にそれぞれの食堂もある。

女子寮のメニューは、量が少なめだったりダイエットを意識している女性向けのメニューもあったりする親切仕様だ。ろくに運動もしてないのに不思議と太らないので、私はあまり気にしたことはないのだが。

クリームパスタとアイスティーを注文して受け取ると空いた席に座る。辺りをさり気なく見回すが、アンジェリーナの姿は見当たらない。あのサラサラしたダークブラウンの長い髪は目立つはずなのだけど。

少し遅めだったから既に食事を済ませてしまったのかしら。

（……大浴場で会えるかしら……）

そう思うと気が急《せ》いてしまい、パスタを食べ終え紅茶を流し込むようにそそくさと部屋に戻り、着替えとタオルを持って一階の大浴場に移動する。

貴族の中には他人、それも不特定多数の人が利用する湯舟に浸《つ》かりたいと思わない人もいるので、シャワー室のみを利用する人も多い。だが、私はお風呂にゆっくり入りたい人間である。これも前世の日本人の頃の好みからだろうか。

服を脱いで大浴場に入ると、それでも七、八人は体を洗ったり湯舟に浸かっている姿が見える。

手早く髪と体を洗い、湯に入らないようにゴムで髪を軽くまとめると、湯舟に浸かる。

やはりアンジェリーナの姿は見当たらない。

（彼女がシャワー派だとここでは無理かも知れないわね。後は食事の時間を上手《うま》いこと調べて合うよ

うにするぐらいかしら)

……これは、思ったよりも簡単ではないかも知れない。

リカルドと出会ったことで、すんなり王子との婚約回避に成功したせいか、私は少し舐《な》めてかかっていたかも知れない。

気を引き締めて掛からねば。

美人薄命なんて言葉は大っ嫌いだわ。

翌日から普通に授業が行われるようになったが、内容は物によっては案外いけそうである。

読書好きな私には歴史の授業など内容がするする入る。

ただ、化学や経済学みたいな科目は結構難しい。責務のある貴族だから模範となるべきなのは分かるが、こんな学問必要なのかしら。事前に家庭教師に最低限学んではいたが、三年間ついていくのはなかなかにハードかも知れない。

正直、授業により差があるが、あまり手は抜けないだろう。

今の程度ならば先生に当てられても黒板でサラサラと解答を書けるが、きっとこれから難しくなるんだろうしなあ。私はめちゃくちゃ文系少女なのよねえ。

……だが、私は負けず嫌いなのである。諦めるのは頑張ってからでいい。

多分ここでおバカの振りをしておけば、ただの頭からっぽな美人としてより安全地帯にいられたのかも知れないが、熱心に授業を受け、覚えやすいようにノートも色分け表記して必死で脳に叩《たた》き込もうとする姿を目撃されているせいか、努力家で頭も良いみたいな認識が勝手にクラスと教師の間で広がり、【まれに見る才色兼備】という死ぬほど恥ずかしいレッテルを貼られてしまった。

違うのよ。頑張って詰め込まないと知識がこぼれ落ちちゃうのよ苦手な授業は特に。

ここは私も強く弁解したい。目立つつもりなんて欠片《かけら》もないのだ。誰だってより楽で覚えやすいように工夫するでしょう？　親にだってダメな子扱いされたくないし。決して勉強大好きなわけじゃないんだってば。むしろ好きな授業以外は全部放り出したいのよ。前世ではこれが普通だったのよう。まれに見る才なんてどこにもないのよ、美貌は認めるけれど。

——卒業まで最低限でも落ちこぼれにならないように食らいつこうとしたせいで、何度も何度も断ったのにクラス委員長にされてしまい、どーんと落ち込んでしまう。切ない。

——クラス委員長の何が嫌なのか。そんなものは決まっている。

体育祭、文化祭、その他イベントごとに、生徒会を含めた話し合いにクラス代表として出席しなくてはならないのだ。各学年ごとに四十人程度のクラスが二組ずつしかないのに。悪夢を見ているようだ。

そして生徒会にはジェイ殿下、グウェイン、ビリーの攻略対象がそろい踏みである。

逃げたいエリアに自ら飛び込むアホさ加減に頭を抱える。

地雷原でのコサックダンス、綱《つな》なしバンジージャンプ、何でも良いが、これは基本的に悪役令嬢の立場上、悲劇方面に向かわせる見えない何かの力なのだろうか。

（……いーや、負けてたまるものですか！）

生まれ変わったと思ったら乙女ゲームと同じような世界で、悪役令嬢の立ち位置とはいえ、前世では得られなかった突出した美貌の貴族令嬢。

本来なら大ラッキーで小躍りすべきなのに、この美貌のせいで不幸の連鎖が続くなんて、奇跡的にこんな美人に生まれた意味がないじゃないの。せめて最低限の寿命ぐらい全《まっと》うさせて欲しいのよ。ささやかな願いじゃないのよ。

だがそれでも、一つだけ幸運なことがあった。隣のクラスのアンジェリーナもまたクラス委員長になったのである。流石《さすが》のヒロインチートである。

先生から隣のアンジェリーナ・ミーガンと仲良くして学年のイベントを守《も》り立ててくれよな、と言われてここ数年で一番の曇りのない笑みがこぼれたに違いない。何人かの男子生徒が少々頬《ほお》を染めていたが、勘違いしないでほしい。あなたたちに向けた笑顔じゃない。私の平穏な未来へだ。

なかなか寮でアンジェリーナに会える機会もないまま数日が過ぎていたけれど、顔合わせということで生徒会に委員長二人で挨拶《あいさつ》に行くことになって、ようやく彼女と間近で顔を合わせることができた。

（こちらもヒロインオーラが半端ないわね……）

金髪や明るい栗色が多い人たちの中で、ダークブラウンのサラサラ髪は目立つ。私のプラチナブロンドやリカルドの黒髪も結構珍しい方だが、いないわけではない。でも何故《なぜ》かダークブラウンはほとんど見かけないのだ。これもヒロイン仕様なのかしらねえ。

ジェイ王子たちと対面した時も感じたが、アンジェリーナも周囲が彼女のために存在するような圧倒的な存在感である。

私よりも柔らかい印象を受ける少し垂れ目な茶の瞳《ひとみ》も好印象だ。

「ラリサ・スティングレーと申します。これから一年どうぞよろしくお願いします」

「アンジェリーナ・ミーガンでございます。こちらこそよろしくお願いいたします」

ふわりと笑い掛けると周りに花が広がって見える。物腰も柔らかく仕草もいちいち愛らしい。

（――なるほどねえ。この完成度であれば、ゲームで私が婚約破棄されていたのも仕方ないわよね）

素直に納得できてしまった。婚約回避できたのは僥倖《ぎょうこう》だ。アンジェリーナとジェイの組み合わせなんて完璧以外の何物でもないではないか。

私はここから彼女と仲良くなって、縁結びの世話好きおばちゃんとして、ジェイとのゴールインまでしっかりサポートさせて頂くことにしよう。

「私は友人が少ないので、もしよろしければ公私ともに仲良くして下さいましねアンジェリーナ様」

「まあ！　私も実家が遠方ですので、親しい友人がこちらにはいませんの。私こそ噂《うわさ》の淑女であるラリサ様と仲良くできれば嬉《うれ》しいですわ」

「まあいやですわ淑女だなんて。アンジェリーナ様の方こそ評判ですわよお美しくて。私の方こそ光栄ですわ」

――よし。とりあえず不審には思われずに仲良くできそうね。

それにしても可愛《かわい》いなあ、と思いながら生徒会室の扉をノックする。

「失礼いたします。クラス代表としてご挨拶に伺いました」

私が声を掛けると「どうぞ」という返事が返ってきたので扉を開けて二人で入室した。

「やあ、君たちがクラス委員長になったのかい？　噂の二人が揃《そろ》って登場とは個人的にも嬉しいことだね」

相変わらずダイヤモンドのようなきらめきを周囲にまき散らしているジェイ・アルバイン殿下が、奥の椅子《いす》から立ち上がって出迎えてくれた。書記のグウェイン・ハーロウとサッカー部のビリー・マッケンジーまでお茶を飲んでくつろいでいる。ビリーは予算の上限アップやイベントがなければここにいないはずなのに。何で毎回ワンセットなのかしら。

「グウェイン・ハーロウです。よろしくお願いします」

「ビリー・マッケンジー。サッカー部部長兼運動部のまとめ役だ。よく顔を合わせることになるとは思うがよろしく頼むぜ！」

まあ大きなイベントごととは言っても数回。打ち合わせも兼ねて月に多くても数回程度であれば問題ないだろう。よろしくされるつもりは毛頭ないけれど。

私も笑顔を作り頭を下げた。さあ挨拶は済んだしさっさと帰ろう。

「ビリー、軽口はいけないよ。アンジェリーナ嬢は知らないけど、ラリサ嬢にはリカルドっていう婚約者がいるんだから」

グウェインがビリーをたしなめると、何故かびくりとアンジェリーナの肩が動いた。ん？　気のせいかしら。

「――ラリサ様、婚約者の方がいらっしゃるのですか？」

「え？　あ、ええ、卒業したらの予定ですけれど」

今後どうなるか分からないけど、何もなければリカルドと婚約することになるだろう。少なくともジェイ殿下の前では決まった相手がいるアピールは大事なので、一切の否定はしないと決めている。

「アンジェリーナ様はまだ決まった方はいらっしゃらないの？」

「そうですね……今は勉強をして、将来の領地の民のためにできることを増やすのを優先したいものですから。田舎《いなか》の貴族なんて、都会に出てきて学ぶ機会はめったにございませんものね。せっかくのチャンスですから、できるだけ知識を吸収して帰りたいですわ」

……なんて真面目《まじめ》で良い子なの。ゲーム時のあなたはどの男から効率的に落とすかしか考えてなかったわよ？　……あら、それは私という偽物が操作してたからかしらね。

本人はそんな穢《けが》れも一切なくて、立派な女性だ。これこそ才色兼備って言うのよね。邪《よこしま》な考えだけではなく本気で仲良くしたくなってきた。

あなたなら立派な王子妃になれるに違いないわ。心の底から応援するわ。

「――あのそれで、もしよろしければ、これからも後学のために、生徒会の雑用などお手伝いさせて頂けないでしょうか。……もっと親しくさせて頂きたいのでラリサ様もご一緒にどうでしょう？　一緒にいる時間だって増えますし」

ふわりと微笑したアンジェリーナのいきなりの発言で、彼女への好感度が一気に地に落ちそうになったけれど。

私が衝撃で何と返せばいいのか分からず、脳内で最適解を探している間に、嬉しそうな声が飛び交った。

「やあそれは助かるね！」

「意外と学園の雑用なんかも生徒会に丸投げしやがるから結構忙しいんだよな」

「良かったら、週に二回ぐらいで構わないので、書類作成とかだけでも手伝ってくれると僕も助かります」

などとすっかり話が確定事項で進んでおり、はうはうと断り文句を探して喘《あえ》いでいる私に、

「ラリサ様と一緒に生徒会のお手伝いができるなんて、私も嬉しいです！」

とアンジェリーナが決定事項のように微笑《ほほえ》みかけてきた。

待て待て、私はまだ了承していない。

ヒロインというのは力技で思いのままに軌道修正ができるのね、と恐怖まで感じたが、いや落ち着け、とそこで考え直す。

（私が生徒会に絡みたくない事情はアンジェリーナは知らないんだし……それに、生徒会に出入りすることで、アンジェリーナがジェイ殿下と親しくなる可能性が高まるのは確かよね）

断ってしまうとその大事な機会を奪うことにもなってしまうのだ。

ここは縁結びのおばちゃんモードで、
「まあ何だかお二人が並んでいると一枚の絵画のよう！」
「美男美女でとてもお似合いですわぁ！　素敵ですぅ」
などと機会があるたびに褒め散らかして、お互いを意識させる方向に持っていけたなら、結果オーライなのでは？

一緒に生徒会の活動を手伝うことでアンジェリーナと親しくなって、好みの男性を聞き出したり、さり気なくジェイ殿下を売り込んだりすることもできる。冷静に考えると悪い話ではない。

私にはリカルドという婚約者もどきの親しい人が既にいるとこの三人は分かっているのだし、ジェイ殿下だって嫁候補からはとうに外しているだろう。ゲーム的な強制力とやらがあったのならば、私はどう足掻《あが》こうが婚約者になっていたはずだもの。

要は、私の願いはジェイ殿下とアンジェリーナが上手《うま》くくっついてくれさえすれば良いのだ。そして、リカルドの闇思想さえ出なければまるっと解決である。

……未来の危険を排除するためにはここで私がキューピッドにならなければ。

「――私もですわ。これから一緒に頑張りましょうね」

私の答えは一択だった。

放課後、せっかくなので寮まで一緒に帰りましょう、とアンジェリーナからお誘いを受けたので、いつものように迎えにきたリカルドに断りを入れた。

「――ああ、早速《さっそく》女友だちができたんだね。おめでとう。じゃあ邪魔しないよう週末の基礎的な運動の指導までは送り迎えはしばらく遠慮しておくよ。あ、もし一人で帰るようなことになったら必ず言ってね」

謝る私にそう言って微笑むと、リカルドはアンジェリーナにも頭を下げて帰っていった。寮までの十分程度の距離ではあるが、学園に入ってから行き帰りは常にリカルドが一緒だった。

「ラリサ一人にしておくと何があるか心配だからね」

というのが口癖になってしまっているが、彼の心配性はチェルシーを超えているように思う。お陰で同級生や上級生の男子からいきなり話し掛けられたりすることは激減したので、実質助かっているのは間違いないのだけれど、彼も毎日私の送り迎えは面倒だろうと思う。

部活動も興味が湧かないそうで入っていないみたいだが、友人はそれなりにいるらしい。

まだ伝えてないけれど、私が生徒会の仕事を手伝うようになれば、彼ももっと自分の時間を有効活用できると思うし彼の時間を無駄にしなくて済むわね。

気は乗らないけど、アンジェリーナとジェイ殿下をくっつけるまでは、私も精力的に生徒会に出入りして世話好きムーブをかまさなくては。


普通に話していても、アンジェリーナは良い子だった。

私よりよく本も読んでいるし知識も豊富だし、何より常に控えめで美人であることの傲慢《ごうまん》な部分がない。自宅で飼っている猫と会う機会が減ったのが寂しいとか、食堂で何のメニューがお気に入りか、というようなたわいない話をしながらも、彼女がお風呂派で何時頃にいつも入るとか、食事は大体何時頃という情報も自然に入手できた。

「それじゃあ今夜は夕食を一緒にいかがかしら？　あ、それでね、良かったらアンジェリーナと呼んでも良いかしら？　様づけしていると親しみが減ってしまうような気がするのよ」

「同感ですわ！　じゃあ私もラリサとお呼びしてもよろしいですか？」

「当然じゃないの。じゃあ夕飯の時に改めてね」

「ええ、それじゃまた！」

女子寮に戻ると、アンジェリーナの部屋は同じ二階だったが、私の部屋とは反対方向の奥側だった。手を振って別れると、自室に戻り、ふふふ、と思わず笑い声がこぼれた。

これでとっかかりは作れた。

アンジェリーナと仲良くなるために、頑張るわよー。

お願いだからジェイ殿下と婚約してくれますように。

彼女だって、玉の輿《こし》だしイケメンだし将来安定だし未来の国母だし、きっとそう悪い話じゃないはずよ。少なくともゲームでは一番人気だったもの。

もちろん自分が身勝手なのは重々承知だ。

ただ、売春婦となり肺炎で死ぬ最期は嫌だし、アンジェリーナが別の男性を選んでリカルドが暗黒面に流れるのもごめんなのだ。

彼は現状ごく普通の好青年だし、このまま波のない平穏な人生を送らせたいし自分も送りたい。

皆が幸せ、皆がハッピーエンドで良いじゃないか。

私が今できることは、アンジェリーナと親しくなる。

国で一番の高スペックのジェイ殿下を押し付け——もとい彼女へ縁結びの手助けをする。

リカルドを好青年のまま暗黒エンドにさせない。

大切なのはこの三つだけなのだ。

頑張れ私！　くじけるな私！

まずはお互いの部屋で恋バナトークができるぐらいまでを目標にしないとね。普通の平穏を求める私に失敗は許されないわ。

◇　◇　◇

ラリサがしばらくは新しい友人と帰るとのことで、俺は了承し一人寂しく寮に戻ることになった。

学園生活を楽しく過ごすためには、彼女だって同性の友人は必要だろう。もちろん男女問わず彼女に近づこうとする奴《やつ》は嫌いだが、ラリサが寂しい思いをするのはもっと嫌なのである。

だが、ラリサは俺のことを親しい友人としか思っておらず、俺が起きている間はもちろんのこと、夢の中でもラリサに会いたいほど愛に溢《あふ》れていることは全く気づいていないだろう。

愛《いと》しいラリサは、自分の美貌を一応認識はしているようなのだが、それに付随して起きる影響に対して本当に無頓着でいつもハラハラしてしまう。

あのアンバランスさは以前からとても不思議だ。

偶然を装って話し掛けようとする男たちを、俺が今までどれだけブロックしていたのかなんて、全く気づいていない可能性すらある。もう少し自覚して欲しいのだが、なかなか思うようにはいかないものだ。

学園に入る前は、町のカフェや美術館、劇場などでデートをしている間も、いい年した中年のオッサンがラリサを舐《な》め回すように見ていたことも、ちょっと年が上ぐらいの軽薄そうな男が声を掛けようとして、俺の姿を見て舌打ちしたこと、細かいものを含めると数え切れないほどだ。

そもそも残念なことに、ラリサは俺との町への外出をデートとすら思ってない。いつの間にか気の合う友人にシフトしていることも気づいている。

——ラリサの方から、あの時パーティーで俺に好意を抱いているなどという発言をされた時、大嘘《うそ》なのは分かっていた。流石に恋愛に疎《うと》くたって、自分に好意があるかどうかぐらいは分かる。

あの時のラリサは切羽詰まった感じで、とにかく必死だった。

その日のガーデンパーティーはジェイ・アルバイン殿下の婚約者探しみたいなもので、年頃の貴族の娘は大抵招待されていたと思う。

俺は病気で早死にした父から爵位を継いだばかりで、顔見せの意味合いで参加していた。

年配ばかりの出席者に明らかに場違いな空気は感じていたが、気づかぬふりで耐えていた。ラリサもきっと招待されているに違いないとの予感めいた確信があったからだ。

彼女は女神のような美貌で、皆の注目を集めずにはいられないほどの輝きを持っていた。誰もが殿下の婚約者は彼女しかいないだろうと噂をしているのは知っていたから、せめて偶然でも何とか一言二言ラリサと話が交わせれば、それを思い出にして殿下との婚約を心から祝えるのではないか、と勝手な願望を抱いていたのだ。

それがどうだ。俺のことを以前のパーティーで見てから好意を抱いているという嘘をつき、友人からでも良いからお付き合いをしたいなどと言い出したのだ。

――やはり神はいる、と思った。

彼女が何を理由に私に近づいてきたのか当時は分からなかったが、殿下との婚約をどうにかして回避したかったのではないか、と後から推測した。

未来の国母という重責を避けたかったのか、単に堅苦しい窮屈な生活を嫌がったのか。

理由は分からないが、俺はこの機に全力で乗っかった。

戸惑《とまど》いながらも友人からよろしく頼む、などと自分でも恐ろしいほどの演技力で応えた形だったが、心の中では天にも昇るような歓喜と、何があっても絶対にこのチャンスは逃すものか、との固い決意であった。

友人付き合いを始めてから二年。

できる限り趣味嗜好《しこう》を合わせ、良き友人として仲良くやってきたつもりだ。まあ本は元々好きだったし趣味も似通っていて、合わせる必要もなかったのだが。

彼女は一見とても派手に見えるが全く浮ついたところもなく、読書や絵画鑑賞、たまの演劇鑑賞などが好きな穏やかで心優しい女性である。

本当は学園に入る前に婚約まで持ち込みたかったが、まだラリサは恋愛という関係を理解してないというか、全く意識していなかったため、グッと堪《こら》えて友人継続を選んだ。

変に急《せ》かすような真似《まね》をして嫌われたら元も子もない。

ラリサが学園に入学した時、これから恋人方面へ徐々に軌道修正をと考えていたが、ちょうどジェイ・アルバイン殿下やその取り巻き連中とバッタリ顔を合わせたので、彼女が卒業したら婚約をする予定だと咄嗟《とっさ》に牽制《けんせい》してしまった。彼女とそんな話すらしてなかったのに。

大切な俺のラリサを横からかっさらおうとする奴らは、誰だろうと皆揃って死ねばいいのだ。王族？　知ったことか。

ラリサは俺の発言に驚いていたようだったので後日謝ると、いいのよと笑って許してくれた。

「最初は驚いたけれど、私も気心知れた男性の方が安心だし、この先リカルドに好きな女性が現れなければ婚約しましょうか」
と相変わらず呑気《のんき》なことを言っていた。

俺が他に好きになる女性など現れるわけがないので、婚約は確定ということである。

――ただ、彼女は知らない。

俺の思いは、彼女が適当にこしらえた嘘よりもはるか前、ジェイ・アルバイン殿下の十歳の誕生日パーティーの時から始まっているということを。

きっと彼女は覚えてもいないだろう。

俺が八歳の頃、木枝を振り回して戦う遊びを友人とやっていた際に、不幸にも右目にその木枝が当たり、眼球を傷つけてしまったことが原因で失明した。

軽率な行動を父にも、母が病気で儚《はかな》くなって数年後、父が迎え入れた義母にも叱られた。

ケガが治った後も、子供同士の間ではアイパッチをした片目の子供という存在は異質だったのだろう。避けられたり陰口を叩かれることもあった。

自分が悪いのだから仕方ないとは思っても、悲しく寂しいことには変わりはなかった。そして奇異の目を向けられるのが嫌で、外に出るのが段々億劫《おっくう》にもなっていた。

その後俺が十歳になった頃、王宮で同じく十歳の殿下の誕生日パーティーが開かれることになったと父が告げた。

そんな人目が多いところに参加などしたくはなかったが、父親が王族への非礼になるから断るなどとんでもない、と無理やり連れていかれた。貴族間で跡継ぎの顔見せ的な部分もあったのだろうし、上手くいけば息子は同世代だし王子のご友人になれるかも、とも考えていたのかも知れない。こんな周囲から気味悪がられている片目の男なんて友人になれるわけがないだろうに。

案の定、パーティーではひそひそと自分の話題が上がっているのも聞こえたが、中には直接「気味が悪いんだよ」「そのアイパッチ外してみろよ」などとからかうたちの悪い奴らもいた。

無視するのも失礼になるし、どう対応すればいいのか困っている時に、偶然ラリサが現れたのだ。まだ九歳。その当時もとても愛らしく、彼女は今後の成長が楽しみな子としてパーティーでは大きな話題の的であった。

「――ねえ、あなたたち何してるの？」

「おおラリサか。いやな、こいつのアイパッチが何だか気持ち悪いからさ、外してみろって言ってたんだよ」

「そうそう。ラリサも不気味だと思わないか？」

俺を見たラリサは、顔を真っ赤にして怒り出した。

「思うわけないじゃないの！　バカなの？　あなたたちは自分が一生ケガしないとでも思っているの？　戦争や不幸な事故で手足を失《な》くしたりどこか不自由になった家族がいても、あなたたちは命が助かったことを喜ぶのではなく、手足を失くしたことを責めるの？　どこが気持ち悪いの？　彼は私たちが両目で見るものを片目で見られるのだから、二倍働いているとってても優秀な目じゃないの！」

——その言葉が、どんなに自分を救ってくれたか彼女は分かるまい。

明らかに分が悪いと悟った奴らはすぐに俺に謝罪してくれたが、その時はもうそんな男たちのことはどうでもよくなっていた。

「ラリサー、どこなのー？」

彼女の母親と思われる声が聞こえると、明らかに慌てたような顔をした。

声のする方へ急いで戻ろうとして立ち止まり、彼女は俺を振り返った。

「あのね、私は今は可愛いって言われてるけれどね、おばあちゃんになったらシワッシワでくしゃくしゃになるのよ。母様がね、見た目なんてどうせいつかは老化するんだから、中身で判断するのが大切なのよって言ってたわ」

とニコッと笑うと慌てて走っていった。

俺はただ黙って後ろ姿を見送った。

その時には既に恋に落ちていた。

俺にとっては、自己憐憫《れんびん》に浸っていた自分を変えるきっかけになった大切な思い出なのだが、多分ラリサにとっては、ごく普通の日常の一ページだったのだろう。

友人から始めたい、などと言って俺のアイパッチ姿を見ても思い出した様子もないのだから、きっと覚えていない。特別良いことをしたつもりもなかったのだろう。普段通り。

彼女の顔よりも、無意識に他人を思いやれる心が好きだ。

他人のことで素直に喜んだり怒ったりできる素直なところが好きだ。

きっとラリサが美人でなくても好きになっただろう。

いや、むしろもっと普通であってくれれば、今こんなにやきもきしなくて済むのにとさえ思う。

だが、彼女が俺に付け入るチャンスを与えたのだ。

俺はこのチャンスを必ずモノにする。逃げ道など与えるわけもない。

ラリサは私の光であり希望なのだ。

第四章　ひいいいアゲイン

アンジェリーナは友人としても素晴らしい人であった。

親しく付き合うようになってから、彼女も読書や絵画鑑賞が好きだったりという趣味的な部分でも話が合うことを知り、ますます好きになった。

私はうっかり本来の目的を忘れてしまいそうになったが、それはそれ。

別にジェイ殿下がろくでなしというわけではないし、圧倒的オーラをたたえた見目麗《みめうるわ》しい好男子なのは確か。生徒会長をしているぐらいだから統率力や頭のキレもある。

私が前世の記憶で不幸な最期になると知らなければ、超優良な玉の輿《こし》の激推し物件であり、むしろ彼と結婚できるのは貴族の女性ならば名誉、大変喜ばしい話でしかない。

ゆえに、私以外のごく一般的な感覚を持つ女性であれば、ジェイ殿下との結婚なんてそりゃもうカムカムウェルカムであるはずなのよ。

まあ婚約破棄ルートは力技というか、かなり邪道な形ではあるけど回避できている。

後はアンジェリーナが殿下以外の誰かとくっついてしまって、リカルドのヤンデレが覚醒するという最悪の展開さえなければ万事オーケーだ。

だが私が生徒会の手伝いをしながら、世話好きおばちゃんモードでジェイ殿下とアンジェリーナの後押しをしようとしても、何故《なぜ》かアンジェリーナに軽くかわされてしまうのだ。

「まあ、アンジェリーナとジェイ殿下って並んでいると絵になりますわあ！」

「嫌だわ、ラリサの方がもっと絵になるじゃありませんの」

生徒会での手伝いでは軽くあしらわれ、プライベートでは食事をしながら、

「アンジェリーナって気品があるのよね。私なんてガサツだから羨ましいわ。あなたのような人が生まれついての貴婦人っていうのね。王族に入っても全く違和感がないもの」

と直球めいた話を振っても、

「もうラリサったら冗談はよして。私は男爵家、それもド田舎《いなか》の小さな領地で細々と暮らしているのよ？　炊事洗濯も普通に母や私がやってたんだから。平民と大して変わらないわ。気品なんてあるわけないじゃないの。学園に来てからもクリームだってマメに塗っているけど、手だってまだガサガサなんだから」

ほらほら、と手を見せられたりする。

いけない。このままでは世話好きおばちゃんモードになるどころか、ただぼっちの女が学園で評判の美人と仲良くなっただけではないか。いやそれはそれで嬉《うれ》しいのだけど。

ここはもう一歩踏み込まねばならない。

……そう、恋バナである。

お茶やお菓子を頂きつつ、誰が好きだのあの人が素敵だのときゃっきゃ言い合うアレだ。

前世を通して経験は残念ながら皆無だが、楽しそうな気配だけはひしひしと感じていた。

若い女子というのは恋バナが好きだと相場は決まっているのだ。

やったことがないので多分としか言えないけれど。

幸いにも女子寮内で友人同士の室内での交流は違反ではなく、付き合いを深めるためにも推奨されているほどだから、ラリサ、アンジェリーナと呼び合う仲良しとなった今、さらっと切り出してもいいだろう。

ただ仲良くなったと思ったのが私だけで、あっさり断られたらどうしようと手汗をかきつつ、さり気なく話を振ってみた。

「あ、ねえアンジェリーナ、良かったらお菓子でも食べながらゆっくり私の部屋でお話ししない？　だってほら、食堂とかだと食事してる方の邪魔にもなるでしょう？　長居するのは気が引けるのよ」

「まあ素敵！　私からも誘おうと思っていたのよ。喜んでお邪魔するわ」

快諾されてホッとした。デートに誘う男子の心境というのはこんな感じなのだろうか。

断られなくて良かった、という安堵《あんど》の思いだけが脳内を飛び回っている。

メイドのチェルシーが、先日着替えを持ってくるついでに「口当たりが軽くて美味《おい》しいと評判らしいので、是非ご友人様と召し上がって下さいませ」と差し入れてくれた、有名店のリーフパイもある。

紅茶もとっておきのアールグレイを開けよう、と自室に戻っていそいそとお茶の支度をしていると、しばらくしてノックの音がした。

「――ラリサ、お邪魔しても良い？」

アンジェリーナの声が聞こえたので私は急いで扉を開けた。

「いらっしゃい、どうぞ入って」

「お邪魔します」

「すぐお茶淹《い》れるわ、少しだけ待っててね。その椅子《いす》使って。私はベッドに腰掛けるから」

「ありがとう。それじゃ遠慮なく」

狭い部屋のため、お茶を飲むためのテーブルや椅子などはなく、勉強するための椅子を勧める。ベッドはすぐ横にあるので、机に用意した紅茶とお菓子を載せ、私はとすん、とベッドに腰を下ろしてアンジェリーナと向かい合う形になる。

だが、アンジェリーナは俯《うつむ》いて黙ったままだ。

「……あの、アールグレイは嫌いだった？　ハーブティーもあるから淹れ直しましょうか？」

それとも私が何か失礼なことをしたのだろうかと動揺していると、ふっと顔を上げたアンジェリーナが私を見つめる。

「……実はラリサに一つ聞きたいことがあって」

と言い出した。

「あらなあに？」

「――ずうっと気になっていたのだけれど、私をジェイ殿下とくっつけたい理由は何かしら？」

私の思考回路が停止した瞬間だった。

……ひぃぃぃ。

「えっ……と、どういうことかしら？」

すっとぼけよ。否定して絶対に認めなければ大抵は何とかなるわ。

私はとっさに身に覚えがないことを聞かれたような顔をして答えた。

「残念だけど、とぼけてごまかせるほど私は甘くないわよ？」

アンジェリーナが極上の笑みを浮かべた。怖い。怖いよー。

真顔に戻った彼女が、そっと私の手を取った。

「私はね、実は見た目ほど淑《しと》やかでも大人《おとな》しくもないの。理不尽なことにはとことん抵抗する性格なのよ。……ラリサの人柄は好きだし、悪意がないことも分かるわ。決して私を陥《おとしい》れてどうこうなんて考えてないだろうな、とも思うの。あなた基本的に根が素直だから嘘《うそ》つけないタイプでしょう？　だからこそ不思議なのよ。何故私をジェイ殿下とくっつけようとしたがっているのかが全く分からなくて」

「……」

「確かにジェイ殿下は華やかだし王族だわ。高貴で見目麗しい方だしバカでもない。物腰も柔らかいし動作もいちいち品があるわ。正直欠点が見当たらないわ。まあ異性としても嫌いじゃない」

アンジェリーナは静かに告げる。

「……その欠点が見当たらない人間を勧められて何故不満なの？　嫌いじゃないのでしょう？　──あ、もしかして爵位を気にしているのかしら？　でも最近ではそこまで厳しくもないし、気になるなら伯爵家や侯爵家に養女として手続きをすれば、男爵家でもまったく問題な──」

「いえ、違うの。そういう抜け道があるのは知っているわ。そうじゃなくて、いくら嫌いじゃなくても好きじゃないの。性癖に刺さらないと言うか……つまり好みじゃないの」

……アンジェリーナの涼やかで魅力的な声から『性癖』という貴族令嬢にあるまじき言葉が聞こえた気がするのだが気のせいだろうか？

「あの、でも実際お世辞とかではなく、二人はとてもお似合いだと思うの。ほらアンジェリーナもジェイ殿下も後光が差すほどの目立つ美形だし、頭だって良いわ。治世や国の発展に貢献できるだろうし、いずれ国のトップになっても国民は安心、大歓迎じゃない？　アンジェリーナだって男爵家の娘ならば、どれだけ玉の輿か分かるでしょうに。あなたはそれだけの価値があるのよ？」

「あのねラリサ。結婚って何十年も一緒にいるのよ？　いくらジェイ殿下の顔が良かろうと、頭や性格が良かろうと、性的興奮も愛情も感じない相手と何十年も暮らせる？　そんな相手と義務的にセックスして授かった子供を可愛《かわい》がれると思う？　私には無理だわ」

きっとさっきの言葉も聞き間違いではない。アンジェリーナは親しい相手にはざっくばらんなタイプなのかも知れないわ。

「なっ、アンジェリーナってば、ちょっとはしたないわよ！」

「ラリサとは本音で話したいのよ。あなたとはきちんと友だちになれそうだったから。だから、ラリサも本音でいかない？　私、学園の大抵の女子は好きになれないのよ。うわべは上品ぶってても、陰で人の悪口ばかり言ってるし、話す内容もいっつも同じ。社交だのお洒落《しゃれ》だの気になる男子だの、中身のない話ばっかり！　心底興味が持てないのよそういう人たちには。でも、あなたとは色んな話ができる。物の考え方や本の話、歴史の話とか、ちゃんと自分のこれからを考えて一生懸命に生きている気がするのよ」

「アンジェリーナ……」

「それにね、白状すると私の推しはグウェインなの。私はショタ系の童顔男子がドストライクなのよ。子犬みたいな感じと言えばいいのかしら？　いくら顔が良くても、落ち着きがありすぎるジェイ殿下なんて理想からかけ離れているのよ」

あの童顔書記、グウェイン・ハーロウを……と思いかけて、ふと何かが引っ掛かった。

「……推し？　ショタ系？　……」

前世のオタク暮らしであった頃の私の知識ならば理解できる。推しというのはアイドルとか俳優、アニメや漫画、小説などで好きな相手のことを指す言葉だと。ショタ系は少年的な童顔タイプを主に指す言葉ではなかったか。

だが、この国で推しとかショタという言葉を用いて表現することはない。友人が少ないから知らないだけ？　いえでもあれは日本独特の言い回しのような……。

「あ？　えっ？　ああ、推しってのはおすすめ商品とかお店で勧められたりするじゃない？　あれみたいな感じで――」

何故かごまかし気味に早口で言い訳するアンジェリーナを見ていて、私に一つの可能性が生まれる。まさかこれって。

「アンジェリーナ……あなた、もしかして前世の記憶があるの？」

彼女は一瞬ぽかんとした顔をして、その後、くわっと目を見開いた。そのまま私の二の腕をガシッと掴《つか》むと、小さな声で、

「――ラリサ、あなたもなの？」

と震える声で問い掛けたのだった。

「……はあ、なるほどねえ」

お互いに元日本人の前世、それもゲームの知識があるということが分かると、話は早かった。

私も事情を説明することができて本当に助かった。

お互いの覚えている限りの前世の記憶を出し合う。

アンジェリーナは、前世で有名な国立大学出身でバリバリの丸の内の総合職で、同期で最速の係長になるかもというところで、趣味のバイクでツーリング中に事故を起こして二十七歳で亡くなったそうだ。

「恋人がいたこともあったんだけどね、一度二股掛けられたことがあって、男が基本的に信用できなくなった時期があったのよ。まあそれで男性に頼りすぎず生きていけるようにしたくて。今後生活の不安がないように出世に向けて頑張ることにしたのよ。残業だって喜んで！　みたいなね。でもそんな枯れたような生活だと当然潤いなんてないわよね。職場で色んな男性の話を見聞きして、前の恋人みたいに逆に彼女に二股とか三股掛けられていたって男性もいて。だんだんとアレは運が悪くたまたま酷《ひど》い男だっただけだ、と理解できるようにもなった。だけど社内恋愛は別れ話になった時に困るから嫌だったの。その頃は特に忙しい時期で、新たな出会いを求める時間どころか、仕事仕事で自分の時間も削られててね。心の癒やしを求めて乙女ゲームに走ったのよ。お金だけは持ってたから、まあ恥ずかしながら本当に貢《みつ》いだわ」

隠す必要がなくなったためなのか、前より気取らずに話し掛けてくる。

彼女が前世の記憶持ちだとは考えもしなかった。

まあバリキャリな前世を持った女性であれば、私の稚拙な行動はきっとあからさまで、疑問しかなかったのだろう。

「そうだったの……私もヒマつぶしというか、何て言えば良いのかしら、ゲームの中では完璧女子アンジェリーナになって、イケメンからチヤホヤされるというのが華のない人生でのストレス解消にもなっていたのよね」

「分かるわあ……まあそれでゲームを始めてグウェインに出会ってから、自分がショタ系方面が好きなんだって自覚したのだけど——あ、忘れてたわ。だから何で私とジェイ殿下をくっつけようとしたの？」

「それはね——」

私は素直に白状した。ここでもう隠していても意味はない。

「そうだったの……ごめんなさい、私グウェインばっかり周回してたから、他の攻略キャラは全く興味なかったし。二周目から出るリカルドは、グウェインとの恋路を邪魔する敵だったし。ジェイ殿下の婚約者がラリサで婚約破棄になるとか、その辺りの諸事情全く知らなかったわあ。何しろ婚約破棄する必要ないぐらい近づかなかったもの、ゲームでのジェイ殿下に。他のキャラの台詞《セリフ》とかも悪いけど興味なくて全部スキップしてたぐらいよ」

クスクス笑いながら謝ってきた。なるほどグウェインガチ勢ですか。

「だけど、実際今は婚約は回避できているのよね？　じゃあ婚約破棄だの、嵌《は》められて追放だの、娼《しょう》館《かん》で肺炎にかかって死亡なんて最悪の結末にはならないでしょう？　それでもジェイ殿下を押してきたのは何故？」

「……ゲームでは、アンジェリーナがジェイ殿下とリカルド以外の人とくっつくと、リカルドがヤンデレになるのよ。……すると何故か私が彼と結婚して監禁エンドになるの。ずっと足が鎖に繋《つな》がれて生涯屋敷の一室から出られない設定なのよ。ゲームでは細かく語られてなかったから分からないけれど、アンジェリーナのことが以前から誰よりも好きだったのに、自分以外の男と結婚したと思って絶望し、その後に結婚した私に対しても、独占欲とか執着とか逃げられる不安とか、色んな負の感情が爆発したのかしら、と。あくまでも個人的な感想だけど」

ふんふん、と相槌《あいづち》を打ちながら聞いていたアンジェリーナは少し眉間《みけん》にシワを寄せた。

「――ただ今は普通なんでしょう？　既に歴史は変わってる状態なんだもの、そんなに気にする必要なくない？」

「かも知れない。でもそう思っても、不安は消えないのよ。いつまた流れがおかしくなるんじゃないかと思うと……それにリカルドだってヤンデレになっても、めでたしめでたし、とは言えないじゃない？」

「……ああ分かった！　あなた自分の心配よりもリカルドの心配してるのね」

「え？　いえそんなことはないと思うわ。彼はもちろん心配だけど」

アンジェリーナは私をじっと見つめると、ふうん、と一言呟《つぶや》いた。

「――まあラリサの話は分かったわ。それで、ラリサはジェイ殿下どころかグウェインもビリーも興味がない、ということで良いのよね？」

「そうね。少なくとも結婚は考えられないわ」

「リカルドとそのまま結婚するのは問題ないのよね？」

「問題ないわ、今のままなら。気心知れてるし、一緒にいて落ち着くのよ。……ただ、監禁エンドだけは遠慮したいのよ」

「あら、それなら簡単じゃないの」

「簡単？」

「……ヤンデレって結局は執着じゃない？　好きな相手からの愛情が不足していることを何かで埋めようとしていたり、その愛情があっても不安になるから監禁しようとするんでしょう？」

「そう、かも知れないわね」

「それならあなたが思いっきり甘えたり、彼を甘やかしたりイチャイチャすれば万事解決よ。私だってラリサのことは好きだし、これからも仲良くやっていきたいと思うけれど、だからってジェイ殿下と結婚しろなんて言われても困るし。私が生徒会に出入りしているのはグウェインのためだもの」

「……それは当然よね。好きな相手がいるのならお願いなんてできないもの。ただ、私とリカルドは現時点で友人なのよ。そういう関係でイチャイチャとかは少し難しいと思うわ」

　そんな、いきなり甘えろとか言われても、どう対応すればいいのか分からないじゃないの。恋愛初心者なんだから。考えただけで頬《ほお》が熱くなる。

「でも卒業したら婚約すると言われたんでしょう？　――ちょっと立ち入った質問だけれど、もしかしてラリサって前世で恋人いなかった？」

「はい……申しわけございません」

「いやね何を謝ってるのよ。……そうか、何だか恋愛を絵空事みたいな感じで語るなあと思っていたけど、それならば納得だわ」

　何か一人で納得していたアンジェリーナは、ぽん、と手を叩《たた》いた。

「分かったわ。私はこれからグウェイン攻略に勤《いそ》しむし、ラリサはリカルド攻略を目指しなさい。良いこと？　ヤンデレは愛情を必要以上に注いでいれば、さほど悪化はしないし覚醒なんかしないと思うわ、多分。心が満ち足りれば良いのだし」

「必要以上に……そんなことできるのかしら私？」

　さほどとか多分とか不透明な部分が気になるが、私にはそれしか方法がないのかも知れない。

「でも、そんな先走った行動をして、もしもリカルドが学園で好きな子ができた場合どうしたら

「……」

「その時はその時じゃない？　――でも申しわけないけど、正直私とラリサほど整った顔立ちの子はいないし、ラリサには性格的な問題もないわ。私のようにヒロインクオリティーの見た目があろうと、ショタ系男子しか興味もない心惹《ひ》かれないという困った性癖もない。ラリサは貴族の紳士淑女が通っている学園の中でも一、二を争う美人だし、加えて性格も素直で優しい素敵な女性だわ。リカルドがあなた以外の女性を選ぶ可能性はチリほどもないと断言できるわ」

　そうは言っても、人間何がきっかけになるか分からない。

「そうかしら？　人の心は分からないものだし……リカルドの恋愛の自由を束縛したくないのよ私」

「……凌辱《りょうじょく》監禁」

「ダメ、ゼッタイ」

「でしょ？　分かったら行動あるのみよ。週末にはリカルドをデートにでも誘いなさい。デートと考えると緊張するなら、単に今まで通り友だちとお出掛けぐらいの気持ちで良いわ。でも徐々にとは言っても限度はあるから、せめて手を繋いだりぐらいはしなさいね」

「――頑張ってみます」

　アンジェリーナが「お互い気合入れないとね♪　頑張りましょう！」と元気よく帰っていってから、私も一人でじっくり考えた。

　現時点ではジェイ殿下とアンジェリーナの結婚というのはありえない。

政略など諸事情で断り切れずという状況でもない限り、叶《かな》う見通しはないとはっきりした。

彼女がグウェインとも必ず上手《うま》くいくかと言えば分からないが、アンジェリーナが本気になれば簡単な気もしてくる。どちらにせよ好きな人と一緒になるのが一番だ。

となれば、私一人でリカルドのヤンデレを阻止するしかないんだものね。

……だけど、リカルドは私の行動を嫌がらないかしら……今までと別人のように甘えたりとかして気持ち悪がられたりしないかしら。

そんなことをベッドで悶々《もんもん》と考えてしまい、私は深夜まで眠れなかった。


「……え？　週末の予定？　何か買い物かい？」

「そうなの。好きな作家さんの新作も出てるみたいだし、本屋に行きたいなって。あとアンジェリーナとお茶したりするのが最近楽しみで、お菓子も少し用意しておきたいなと思ってて。……あ、でも都合が悪ければいいのよ。気にしないでちょうだい」

「まさか！　喜んでお付き合いさせて頂くよ」

翌日の放課後、私が週末のデートにリカルドを誘うと、彼は快諾してくれた。まあデートとは言ってもいつもの気楽な感じだと思っているのだろうが、昨日までの私ではない。

このラリサ改はリカルドをヤンデレにしないため、ラブをまき散らす愛の花咲じじいになる。

アンジェリーナも昨夜の話し合いで、理想の具現化であるグウェインを愛《め》でるあまり、じわじわ外側から絡めとるように落とそうとしていた自分を反省したらしい。

「考えてみたらこのポテンシャルなのよね私。ジェイやビリーは回避できたとしても、他の公爵、侯爵家や他国のやんごとなき御方に見初められる可能性もあることを失念していたわ。流石《さすが》に未成年だもの、婚姻までは純潔は守らないとならないし親に迷惑を掛けるわけにもいかないわ。ただこのまま決まった相手もいない状態のままではまずいのよ。せめてグウェインと少しでも早く交際という既成事実に持ち込まないと。彼はこの美貌溢《あふ》れまくりな私を書類整理係として扱うことしかしないぐらいお子様脳だから、恋愛を意識させるまではなかなか厳しい道のりだけれど、目指す頂《いただき》が高いほどやる気は湧くものよ。大きなプロジェクトの時も、失敗したらという不安な気持ちの反面、負けず嫌いの私は燃え上がったものだわ」

一つ上の男子をお子様呼ばわりはどうかと思うが、前世を感じる状況把握能力に感心する。

「でも、ショタって確か年下の無垢《むく》な少年を愛でる意味合いだと思ったけれど、童顔なら年上でも良いの？」

グウェインはリカルドたちと同じ、つまりは一歳年上だ。

「バカねラリサ。今の私の年でショタ狙《ねら》ったらガチの犯罪じゃないのよ。前世二十七歳で二十歳ならお互いが良いならで済むけど、十六歳で九歳十歳とか鬼畜の所業よ。私はそんな物理的なショタは求めてないの。性格が純粋無垢で少年テイストがあれば良いのよ。年齢的にも合法だし万々歳よ。とにかくあの可愛《かわい》いグウェインの『僕何も分かりません』的なところを愛でているのが幸せなの。あの子が自分にだけ見せる親し気な感情とか想像するだけでこう、胸にグッとくるものがあるわね。きっと年を取っても擦れなくて、良い感じに少年っぽいままだと思うのよねグウェインは。私はゲームでたまたまグウェインに惹かれただけで、他の誰に対してもそう思うのかまでは判断できないけれど。ともかくグウェインは良いのよ間違いなく」

この輝くばかりの美貌から放たれる熱意のこもった言葉に、ただ口をあんぐりとさせ聞き入るばかりだが、別に個人の願いは違法ではない。誰だって己の趣味嗜好《しこう》というものはあるんだし、人様に迷惑を掛けないのなら別に問題ないだろう。ロックオンされたグウェインも、正攻法で落とされて幸せになるならば問題ないだろうし。

アンジェリーナも早速《さっそく》行動を起こしたようで、お昼ご飯を一緒に食べている時に、植物園に行く約束を取り付けたと嬉《うれ》しそうに報告してくれた。

「グウェインは植物全般に興味があると探り出してたんだけど、話が合わせられないと困るから、以前から図鑑とか色々読み漁《あさ》ってたのよ。あれも読むとなかなか面白いのよね。ようやくそれなりに突っ込んだ話ができるぐらいには知識が入ったから、誘ってみたの。——まあデートっていう感じじゃないけれど、それはおいおいね」

彼女は好きな人を落とすための労力は厭《いと》わない。最大限の努力をして、それでダメなら別の方法を模索する。見た目だけでも大概の男は何とかなるかも知れないが、容色が衰えたらどうなるか分からない関係性など求めない、というところが私の価値観と同じだった。

だから、結構あけすけな物言いをしても嫌な気分はしなかったし、好きな人を理解し、共感しあえる部分を探すという姿勢は私も学ぶべきところが多い。要は見た目は輝かんばかりの美少女でも、精神的にはしっかりした大人《おとな》なのである。

前世での年齢も数歳しか違わないのにこの落差は何かしら。きっと前世の自分の精神年齢は相当子供だったのだろう。

(今の人生ではできるだけ自分に恥じることがないように生きねば)

そう思わせてくれる大切な人だ。

リカルドについては……好きだし、大切な友人であることは間違いない。数年の付き合いだから気心も知れてるし、とことん優しいし、乱暴な言葉遣いも行動もない。

だが、これが恋なのか愛なのかと問われると、分からない。

ガワが美人になろうが結局は今も恋愛には臆病な性格らしい。

嫌われたり否定されることが怖いし、見えてない部分を見て幻滅したくない。

少なくともそれが怖いと考えるほどに彼が大切なのだ。

それにリカルドへのこの気持ちが確実に恋なのだとしても、彼にそんなつもりがなかった場合、この穏やかな関係が崩れてしまう。

彼は優しいが私と似て人見知りなところもあって、女性と親しくなる機会も少ない。

だからこそ身近な私と卒業したら婚約しようと思っていると言ったのだろうが、選ぶべき女性が少なければ選択肢などないのよね。

（……彼はアンジェリーナに対してどう思ってるのだろうか）

ふとそんなことが気になった。

アンジェリーナはゲームの世界ではヒロインで、リカルドは攻略対象。しかも二周目以降にしか出てこないレアキャラだった。しかしゲームでは全員を攻略できるスペックを持つアンジェリーナだ。現在のリカルドが惹かれてもおかしくはない。だってあんなに輝くような美貌の正統派ヒロインなんだもの。私も結構な美人ではあるが、所詮《しょせん》は当て馬。やはりヒロインには敵《かな》わない。

……いえ、こんな答えの見えないことを延々と考えてても不毛よね。

とにかく週末、何とか彼の気持ちを確かめねば。

◇　◇　◇

最近はアンジェリーナとかいう女友だちができたせいで、ラリサと一緒に昼食を食べたり行き帰りを共にする機会が減った。とても悲しい。悲しいが、ラリサがとても嬉しそうにしているし、気の合う同性の友人が欲しいと常々言っていたから我慢している。女性同士だから話せるようなこともあるだろうし。でも寂しい。ただでさえ学年が違うから一緒の授業も受けられないというのに。

しかしそれでもずっと我慢していたご褒美なのか、ラリサが週末に買い物に行こうと誘ってくれた。

嬉しい。ものすごく嬉しい。

男子寮の自室に戻ると鍵を締め、握りこぶしで喜びを噛《か》みしめる。

週末もアンジェリーナと仲良く話をしていたりして、俺の相手を忘れてしまったのだろうか、もしや嫌われてしまったのだろうか？　嫌われてしまっていたら死ぬしかないと考えるまで思い詰めていたが、どうも女子トークとやらが楽しすぎて俺は後回しだったようだ。男の友人だったら耐えられないが、女なら良い。本当は嫌だが。

あのアンジェリーナという女は、ラリサを呼び捨てにするぐらいだから、それなりにラリサも信用している友人ということだ。

ということは、人柄はそこそこ信用できるとも言える。彼女は人と仲良くなるまでにかなり時間をかける慎重なタイプである。俺も気軽に話せるようになるまで何カ月もかかった。その場しのぎとは言え、自分から一目惚《ぼ》れだとかお友だちからとか言ってきたのに、である。

でも警戒心や慎重さは人には大切だ。特に若く美しい女性ならなおさらである。

あのアンジェリーナとかいう女は、見た目こそラリサには遠く及ばないと思うが、クラスの男たちが騒いでいたので美人の部類らしい。

正直ラリサ以外の女性に全く興味がないので、他の女が美人だろうが不細工だろうが心底どうでもいい。俺とラリサの大切な時間の邪魔さえしなければ何の文句もない。

だがこの頃彼女たち二人が一緒にいることが増えたせいで、周囲の男たちが学園の癒やしだとか騒いでいる。

勝手にラリサを加えるな。ラリサは俺だけのラリサだ。


デート当日は妙に早起きしてしまい、時間を持て余してストレッチなどをして過ごした。

ラリサは教えた基礎運動を、毎日真面目《まじめ》にやっているようだ。

「聞いてくれる？　少し体が柔らかくなったの！」

と笑顔で報告してくれた。可愛い。たまらなく可愛い。こんなに可愛い女性が他にいるだろうかいやいない。

ラリサとの会話や可愛い仕草のアレコレを思い出して脳内で反芻《はんすう》していたら、恐ろしいぐらいに早く時間が過ぎていく。

時間十分前になったので部屋を出て、待ち合わせ場所である寮の入り口の門に向かう。

ラリサが既に立っていたのでハッとして早足になる。

「ごめんねラリサ、早く待ってると気にすると思って、ギリギリまで部屋にいたんだ」

俺が謝ると、ラリサが首を振った。

「あらリカルドだって早いじゃないの。私はたまたま早起きしちゃっただけよ。さ、行きましょう」

両サイドから細く三つ編みにした髪を、白いラインが細かく入った青いリボンで後ろでひとまとめにし、あとは艶《つや》やかなストレートの髪を下ろしたラリサは、いつも以上に愛らしく感じる。

今日着ているグレイの落ち着いたロング丈のワンピースは彼女のお気に入りだ。襟の部分と袖、胸元に白いレースがあしらわれているのも彼女の上品さを引き立てており、俺も大好きだ。

……いや、ラリサが着るものなら何でも似合うと思うし大好きなのだが。

一番近い町までは徒歩でも二十分程度なので、生徒たちは特に馬車を呼んだりせずに歩く人間が多い。俺たちも徒歩でのんびり歩きながら世間話をする。

ラリサの声は高くもなく低くもなく、俺の耳に心地良く入ってくる美声なので、できるだけ長く聞いていたいと思ってなるべく俺から話題を振るようにするのが日常なのだが、今日はラリサの表情が少し固いような気がする。受け答えもいつものようにポンポン返ってくる感じではない。

「――ねえラリサ、顔色が優れないみたいだけど疲れてるのかい？」

俺は心配のあまり尋ねた。律儀なラリサのことだ。もしや約束があるからと体調不良でも無理して出てきたのかも知れない、と思ったからだ。

「あ、いえそんなことはないのよ。――でも久しぶりに町に行くと思うと楽しみでなかなか眠れなかったから、寝不足のせいかしら？」

「……もし、辛《つら》いようなら戻ろうか？　町なんてまたいつでも行けるし」

俺は何とか言葉を絞り出す。せっかくの機会だが、俺のできるだけ長く一緒にいたいという邪《よこしま》な願望なんかより、ラリサの体調の方が最優先に決まってる。

「リカルドは心配性ね。大丈夫よ。……あの、でもね……」

「何？　何でも言って」

「……お願いがあるんだけど、今日は行き帰りの間、手を繋いでてもらえるかしら？　なんだかせっかく早起きしたのだからと思って、基礎運動をした時に少し足首を痛めたらしくて、あまり力を入れないようにしてるんだけど、油断すると転びそうなの」

「……」

　俺は変な声が出そうになった。

　これは一体何のご褒美だろうか？　いや、たまに少し触ったりとかはあるが、アクシデントレベルの話である。そんな、ずっと握ってて良いだなんて、もうこれは婚約すっ飛ばして結婚待ったなしではないか。

　いやだから落ち着け、落ち着け自分。

　しかしこんなことをラリサに言われたのは初めてで、心臓の鼓動が早くドクドクと耳に響く感じがする。このままでは本当に死ぬかも知れない。しかしここで痛いならまた今度にしようか、と言えない自分は浅ましい……本当に浅ましいが、この機会は逃せない。

「全くもう。そんな大事なことはもっと早く言ってくれなきゃ。はい」

　差し出した手が震えないようにするのが精一杯だった。

「ごめんなさいね。ありがとう」

そっと握ってきたラリサの手は小さくて、大切に扱わないと壊れてしまいそうなほど華奢《きゃしゃ》だ。力を入れすぎないようにして握りしめると、何でもないようにまた歩きながら話をする。

だが、相変わらず心臓はドクンドクンと耳障《みみざわ》りなほどうるさく脈打つし、平静を装いながら歩くのは全力疾走よりしんどいというのを実感した。

まるで、まるで本当に恋人同士みたいじゃないか。

ああこのまま永遠に繋いでいられたらどんなにいいか。

町よ少し遠のけ。

……だが、無情にも町に着くのはあっという間である。

ラリサが本を選んだり、お菓子を選んだりする際には一時的でも両手を空けざるを得ない。一度でも至福を味わってしまうと、空いた手が勝手にラリサの手を求めてしまう。

ダメだ、これでは変態のようだ。

冷静に、冷静に。

だがあと夏が来るまではひと月はあろうと言うのに、天気が良いせいか気温も高く、俺の額からはやたらと汗が流れる。暑いのと精神統一、どちらの理由か既に分からなくなっている。

「……、あら、リカルドったら汗だくじゃないの」

お菓子の袋を抱えて出てきたラリサが、びっくりしたようにワンピースのポケットからハンカチを取り出して額の汗を拭ってくれる。こんなことも初めてだ。

――汗よ、もっと出ろ。限界まで出ろ。体中の水分を出せ。力の限り放出しろ。

俺の都合の良い願いは当然叶うはずもなく、一度拭いたらもう大丈夫だったようで、ラリサはハンカチをしまった。

「今日は少し暑いぐらいだものね。冷たいジュースでも飲みましょう。ご馳走するわ」

「女性にご馳走されるわけにはいかないよ。でも確かに冷たい物は欲しいよね」

ラリサのお菓子の袋を取り上げ、本が入った紙袋と一緒に片手にまとめると、当たり前のように空いた手でラリサの手を握った。

今日はとても幸せなことが立て続けに起きている。何て素晴らしい日なのだろう。

口笛でも吹きたくなるような気分だ。

そのままカフェに入ると二人でアップルジュースを頼む。

こんなにワクワクするような幸せを感じる日は久しぶりかも知れない。

浮かれたような気持ちのまま、カフェを出てからまた手を繋いで、ラリサの足に負担をかけないようゆっくりと学生寮に戻ると、とうとうラリサと別れる時間になった。

身を切られるような思いだ。握っていた手をそっと離す。

「どうもありがとう。本当に助かったわ」

「こちらこそ。楽しかったよ。また行こうね」

「ええもちろん！」

荷物を受け取ったラリサは女子寮に向かおうとして、くるりと振り返ると戻ってきた。

「……忘れてたわ。アンジェリーナが教えてくれたの。感謝を伝える時にはオーバーに伝えないと相手に伝わらないこともあるんですって。私いつもリカルドには迷惑かけっぱなしだものね」

そう言うと、荷物を抱えたまま、俺をきゅっと軽く抱きしめた。

「いつも感謝してるわ。ありがとうねリカルド！」

それじゃあね、と女子寮に入っていくラリサを見送りながら、俺はただ今起きたことが処理できずにしばし呆然《ぼうぜん》と突っ立っていた。

……今まででは考えられないほど、今日のラリサはフレンドリーと言うか、友人より恋人寄りの対応……いや、それは流石に考えすぎか。

俺はラリサが関わるとつい何でも曲解して自分に良いように考える節があるからな。

だがこれもアンジェリーナとの交流から生まれた活発さか。嫌だ嫌だと思っていた自分以外の人間関係ではあったが、こういう変化があるのは悪くない。いや望ましい。

――アンジェリーナ、お前をラリサの友として認めようじゃないか。……いや、これからは俺の心の友と呼んでやってもいい。

寮の部屋に戻りながら、俺はアンジェリーナに感謝をした。

しかし感謝はしていても、ラリサといる時間はなるべく短くしてくれと望む俺もいる。

自分勝手と言われても、これが正直な気持ちなのである。

こんなに幸せな一日だったのに、今夜シャワーを浴びたら、微《かす》かでも手のひらに残るラリサの匂いが消えてしまうと思うと嫌だった。ぎゅっと抱きつかれた感触を忘れそうで嫌だった。

でも汗臭く汚れた状態でラリサの前に出るなんて耐えられない。

俺は浮かれた気分と急降下する思いが頭の中で行ったり来たりしていた。

◇　◇　◇

私は、自室でアンジェリーナの訪問を待ちわびていた。

「もしもし、ヤンデレ学会の会場はこちらですかー？」

待ち望んでいたアンジェリーナの声に嬉々《きき》として扉を開ける。

「ヤンデレ学会はやめてちょうだい。せめて回避協会とか――」

「同じことよ。――んんん？　どうやら上手くやれたのかしらその様子だと？」

アンジェリーナの楽しげな声に、私はコクコク頷《うなず》く。

お茶を飲みながら報告会になり、私はアンジェリーナと今日買ってきたばかりのフィナンシェを開けつつ成果を報告した。

「……なるほどね。足の痛みを利用したってわけね」

「そうなのそうなの。きっかけをどうしようってずっと悩んでたんだけれど、たまたま運動していた時に足首をぐきっとやってしまって……痛かったけど、お陰で言い出しやすくなったわ。神様っているのねえ」

「ラリサの場合は嘘《うそ》をつく時に目が疚《やま》しさで動くから分かりやすいものね。次回も使えるじゃないの。まだちょっと痛いとか」

「——え？　来週もお出掛けするの？」

「するに決まってるでしょう？　誰よりリカルドをヤンデレにはしたくないって力説していた子は？　外せない予定がなければ毎週よ毎週」

「今日はかなり頑張って愛情表現をしたつもりなのだけど……一日中手を繋ぐのって結構大変なのよ？　手汗が滲《にじ》んでるのがバレないかヒヤヒヤしてたんだから」

「草木だってたまの水やりだけじゃ枯れちゃうでしょう？　あなたヤンデレを甘く見てないかしら？　彼らの心は荒れ果てた大地なのよ。ちょっとやそっとの愛情注いだぐらいで満足できるならヤンデレなんてならないの」

「なんて説得力があるお言葉」

別れ際にぎゅっと抱きついたのは、自分としては清水《きよみず》の舞台から飛び降りる心境だったのだけど。恋愛初心者としてはハードルを上げに上げたつもりでも、まだまだ甘いらしい。でも、私が頑張らねばリカルドがヤンデレにジョブチェンジしてしまう。

「それと、行動だけじゃなくて、ただじっと見つめるとかも良いかも知れないわ。私も今日試してみたのだけど、グウェインもちょっとどぎまぎしてたし、少しは女性として意識してもらえたんじゃないかと思うの」

「あら。アンジェリーナは手を繋ぐとか腕を組むとかは……」

「そんなことできるわけないでしょう。あの子は真面目だし、知識欲はとってもあるけど恋愛欲みたいなもの殆《ほとん》どないんだもの。そんな馴《な》れ馴れしくしたら、次から避けられちゃうわよ。あなたたちみたいに付き合いが長いのならばともかく」

「――ごめんなさいね、私はアンジェリーナにろくにアドバイスをすることもできなくて……」

「何を言ってるの。これが楽しいのよ。いつの間にかグウェインは私がそばにいても当たり前のようになり、いなきゃ私を目で追うようになって、デートでは少しお洒落に気を遣うようになり……この着実に山頂に向かって進む感覚、ときめくし楽しくてしょうがないわあ。誰かに協力してもらうなんて、そんな勿体《もったい》ないこと……うふふふ」

「その前向きな姿勢が羨ましいわ」

含み笑いをしていたアンジェリーナが少し真面目な顔になって私に聞いてきた。

「で、どうだった？　ドキドキした？　リカルドと手を繋いで」

「そんなの決まってるじゃない！　男性と手を繋いで歩くなんて父親以外やった記憶がないもの。緊張するしドキドキするしで大変だったわ」

「ラリサ、あなた自覚してないと思うけれどね、それは恋なのよ」

「……恋？　いえそんなのじゃなくて、同じ年頃の男性としたからドキドキしただけで――」

「じゃあそれ、ジェイ殿下でもドキドキする？」

「――え？　なるわけないじゃないの。そもそも繋ぐのだって嫌よ」

反射的に即答してしまった。あれ、どうしてだろ。あの人イケメンだし優しいし、地雷案件でなければ完全無欠な好青年で、全く問題ないはずなのに。

「でもリカルドなら恥ずかしいとは思うけど嫌じゃないんでしょう？」

「……そうね。全く嫌じゃない、わね……」

「もしも彼が他の女の子とイチャイチャしてたら、何も感じない？」

「そりゃあ……良い気持ちはしないわね。正直、不快かも」

「でしょう？　世間ではそれを恋と言うのよ」

「っっ！　そ、それじゃ私がリカルドに片思いをしていると？」

いや、確かに前世でも恋をしたことがないかと言えば嘘になるが、それはあくまでも淡い片思いだったし、自分から相手へ何か積極的にリアクションを起こしたかと言えば高校時代だけで、しかも消極的な上に無記名の謎チョコを下駄箱に忍ばせただけ、と結果としては大失敗の黒歴史だった。その後は好感を抱くことはあっても気持ちを伝えることなど考えもしなかった。

「片思いって……とことん鈍いのねあなた。いくら友人としての付き合いが長くても、好きでもない女にそんなお願いされたって、私が男なら絶対に断るわよ。誤解させたくないもの」

「――でも、私は前から友人付き合いしてるから断れなかった可能性もあるわ。それに今日は頭がてんぱって聞きそびれたけど、ゲームの流れが影響するなら、実際にアンジェリーナを好きになってたりするかもじゃないの。だってヒロインなんだもの」

「そんな熱い眼差《まなざ》しを向けられたことはとんとないわね。邪魔者を見るような鬱陶《うっとう》しそうな眼差しを好意と勘違いするには、前世で社会の荒波をくぐりすぎたのよね私。百歩……いえ一万歩譲って仮にそうだとしても、ラリサが自分に振り向かせるようにすれば、ヤンデレにもならず自分も幸せでＷＩＮＷＩＮじゃないの」

私はぐるぐると目眩《めまい》を起こしそうになりながら頭の中で考え込んだ。

前世もこの人生でも恋愛関係の経験値は低い。小学生ぐらいの年代でももう少しマシではないかと思う程度にはポンコツなのではと考えたりもする。

……確かにリカルドのことは大好きだ。話も合うし、どこかに出掛けても退屈だと思ったこともない。顔立ちも美形すぎるほどだし性格も温和でとにかく優しい。

それは、数年掛けて関係を築いてきた友人だからではないの？

私がジェイ殿下と婚約したくなくて、無理やり一目惚れだの友人からでもと言って彼と両親公認の付き合いをしてきたつもりであった。

私もとりあえず婚約者候補から洩《も》れたみたいだし、二周目から出てくる攻略キャラだったと気づいても、ヤンデレじゃなかったから安心していた部分もあった。流れも変わったのだし彼が闇に呑《の》まれないようにすれば、私と婚約破棄したジェイ殿下がアンジェリーナと結婚しないでも、アンジェリーナが他のキャラクターと結婚しても闇が発生しないと確信していた。

　でもそうなの？　私はリカルドが好きだったの？　この気持ちは友人としての好きではなかったの？

　自覚のなかった私にはキャパオーバーである。

「世の中にはね、男女の友情は存在すると思う人もいるし、実際に存在するケースもある。でもラリサはそういう器用な考えができる人間じゃないのよ。だって他の男友だちいる？　クラスメイトの男子と週末二人で出掛けたくなる？　ならないでしょう？　それは知人止まりなのよ」

「言われてみれば、ならないわ……ね」

　となると、今日のあれは私が実際にやりたかったことを、リカルドのためと勝手に理由付けして本能のまま動いていたということになる。

　何という……ああ、穴があったら入りたい。

「こら、何で顔を覆って落ち込んでるの。別に好きなら好きで良いじゃないの。前みたいに気心知れてるし、ヤンデレにならなきゃ結婚しても問題ない、みたいな恋愛を突き放したような物の考え方よりよっぽど健全じゃないの。自覚もないままじゃ彼も可哀想《かわいそう》だと思ったから正直に言っただけよ」

「……ごめんなさい。そうよね。彼に失礼よね……でも……」

「でも？」

「気持ちを自覚してしまうと、どうやってこれから接していいか分からなくなってしまうのよ私」

友人だと思っていたから二人での外出も気軽に行けたし、気取らずに話もできていた。友情からヤンデレにならないようにと思って行動できた。いや、そう思い込んでいた。

だが、私がリカルドに恋をしているのだとハッキリ自覚してしまうと、私の言動で嫌われたり困らせたりするんじゃないかという不安が先に来てしまって、絶対に挙動不審になるんじゃないかと怖くなってしまうのだ。

　そう言うとアンジェリーナは笑った。

「どうして？　今まで通りで良いじゃないの。あなたがどんなに不安になろうが怖かろうが、リカルドはずっとそれを良しとして普通に受け入れているのよ？　何かリカルドから文句言われたことはある？」

「それはないけれど……」

「逆に接し方を変えた方が驚かれるわよ。むしろ良かったじゃないの。いくらヤンデレになるのが困るからと言って、恋愛感情もない相手に愛情を注ぎ続けるのって苦痛だし、実際問題難しいでしょう？　好きならヤンデレになったところで愛情表現だと思って受け入れられるわよ」

「いくら好きでも監禁は嫌よ」

「それならこれからもいつも通り、プラス親しさマシマシ、愛情マシマシにすれば良いだけよ。リカルドだって憎からず思っているんだろうし」

「……そう？　そうなのかしら」

私には参考にできる恋愛経験がないので、彼の優しさが好意からなのか長い付き合いからの友情なのかの判断が難しい。

「ラリサって美人なのに何でそんなに自己評価低いのかしらねえ。前世でトラウマでもあるの？」

「そうね……トラウマって言うか、本当に地味に生きてて友だちも一人しかいなくて。仕事を始めてからはほぼ職場とアパートの往復しかしてないような、まあ彩り的には寂しい人生だったからかしらねえ。当時は一人暮らしができて嬉しかったし、独りぼっちでもゲームも好きなだけやれて本が読めて、たまに職場に来る営業の人に好意を抱いて遠くから眺めて……充実してると思っていたけれど、やっぱり人と接する機会が少ないのって、精神的には良くなかったのかなって今になって思うわ」

「――そっかそっか」

よしよし、と背中をさすられて思わずアンジェリーナに抱きついた。

今はこんなに本音で相談ができる友人がいる。それが無性に嬉しかった。

「それなら、なおさら初の恋は成就させないとね。リカルドも健全方面に進めるし、良いことだわ」

アンジェリーナは私を見てにっこりと微笑《ほほえ》んだ。

アンジェリーナには、私は今まで通りで良いと言われた。その上で、

・リカルドには私に対し友情以上恋人未満の気持ちがあることは確実（経験談）と信じろ
・自分が大抵の愛情アピールは受け入れられる美貌であることを真摯《しんし》に受け止め、今すぐは無理でも徐々に好意を素直に表すようにすること
・できるだけ相手の甘えられたい願望を満たすこと。好きな女に頼られるのは男の本懐
・ほどよいスキンシップは気楽にマメに
・ひび割れた　ヤンデレ大地に　愛の水
・求めよ　さすれば与えられん

後半は俳句かどっかから引っ張ってきた標語みたいなことを言っていたが、確かに自分も恋の自覚がなかっただけに、躊躇《ちゅうちょ》してしまう場面が多々あった。これから前進はするべきだと思う。私のためにもその方が良いとアンジェリーナには諭された。

「恋愛なんて基本的には自分勝手なものなのよ。相手に嫌われたらと不安になるのは分かるけど、真

剣にアピールして、機が熟したら思い切って告白してみればいいのよ。後で何もアクションを起こさなかった自分を後悔しても遅いんだから。せっかく美人に生まれたんだし、少しぐらい利用したってバチは当たらないわ。でも傲慢《ごうまん》になるのは嫌われる元だから、愛すべき美人になりなさい。……まああなたのことだからその点では心配はしてないけれど」

「私だって、今後グウェインに振られたとしても、合法ショタ派閥として立派に生きてみせるわ。せっかくこんな美貌を授かったんだし人生は一度きりなのよ！　来世が生きて繁殖するだけが至上命題の蚊とかアメンボになる可能性だってあるのよ？　今異性を射止める最高の武器があるのに使わないなんて意味ないじゃないの！」

　熱く力説するアンジェリーナに押されながらも、言われてみればそうかも知れないと考えられるようになった。

　しかし恋を自覚すると、リカルドが話す魅力的な低音ボイスや控えめな笑顔、もちろん広い背中や大きいけれど繊細に見える綺麗《きれい》な指まで、何もかもが好感度を上げるポイントとしてどんどん加算されてしまい驚くばかりだ。毎日がストップ高である。なるほどこれが恋愛脳というものか。

　自分の汗に不快さを覚えるような夏の時期になっても、リカルドは私といる時には何だかご機嫌で、楽しそうな顔を見て私も楽しくなる。

　いつも私だけにその笑顔を向けて欲しい。

　そんなことを考えるようにもなってきてしまった自分の欲深さに怯《おび》えつつも、アンジェリーナの励ましで少しずつほどよいスキンシップも実行するようにした。あんまりベタベタされるのが好きでない人もいるから、不快になるようだったらやめれば良いと言われたが、心配性なので最初から聞いておいた方が安心する。

何度目かのお出掛けで、リカルドの髪に葉っぱが落ちてきたことがあったので、ごめんなさいねと謝って葉っぱを取ってあげた。一瞬リカルドが固まったので、彼は不快に思うタイプなのかと思い、

「リカルドはあまり人に触られるのは嫌かしら？　気になったので葉っぱを取ったけれど、もし嫌だったら次からは指摘するだけにするわ」

と聞いた。

「――いや、ラリサなら全然平気だよ。長い付き合いだしむしろ助かるよ。だから本当に絶対に気にしないでくれ」

と笑顔で返されてホッとした。

それからは何故《なぜ》かリカルドの頭や服に糸くずや葉っぱがついていることが増えたけれど、これは単に私が彼と接触できるタイミングを図っているせいで気づきやすくなっただけなのかも知れない。そう考えると少々恥ずかしい気持ちにもなる。

ただ以前より遠慮せず取ることができるようになったのは、事前にちゃんと不快ではないと確認できていたからだわ。やはり最初に聞いておくことは大切よね。

これからも事前のチェックは怠らないようにしよう。

◇　◇　◇

最近、ラリサが俺に対して今まで以上のコミュニケーションを取ってきているような気がする。

とても嬉《うれ》しい。嬉しくて毎日思い出しては抑えきれない笑みがこぼれる。

神が不遇な自分に同情してくれたのだろうか。だとしたら一生感謝せねばなるまい。

先日のデートの時だってそうだ。……いやラリサはデートとは思っておらず、ただの友人とのお出掛けとしか思ってないかも知れないが、あれはれっきとしたデートだ。俺がそう思えばデートなのだ。

頭の上にのった葉を取ってくれた上に、勝手に自分に触れたことを謝罪までしてくれた。

だが謝ってもらうどころか何ならもっと触れてほしいわけだし、何故葉っぱ一枚程度しかのせてなかった自分、と己のゴミ吸着力に舌打ちしたい気分だった。

しかしこの一件があって俺は気づいた。

(体に取ってあげたいと思うような何かがついていれば、ラリサと正当な理由として触れ合えるのだ)

ということに。

手を繋《つな》ぐまでは何とかゴリ押しに近い形でもっていけているが、現在その先については夢のまた夢。

ラリサにとっては友人カテゴリーなのだろうから当然ではあるのだが、手を繋ぐというステップを超えた俺にはそれでは段々我慢ができなくなっている。

正当な理由ができるのならば、それに全力で乗っかるだけだ。俺はいつも僅かなチャンスに全力で乗っかっているような気がする。

俺は定期的に頭や体に可能な限り自然に葉っぱや糸くず、紙の切れ端などをつける努力をした。

「やあねえ、リカルドったらまたついてるわよ」

などと言いながらラリサがせっせと俺の体に触れ、ゴミを取ってくれるというご褒美ができて、日々さらなる幸せに満たされている。

先日、これは全く予想してないことだったが、ラリサが話に夢中になっていたのか、木の根っこにつまずいて転びそうになったので咄嗟《とっさ》にかばったら、俺の方がバランスを崩してコケてしまうという大失態を犯した。スマートさの欠片《かけら》もない。

「ごめんなさい！　リカルド大丈夫？」

「いや全然大丈夫だから気にしないで」

申しわけなさそうに必死に謝るラリサも大変可愛《かわい》かったが、その後汚れてしまったズボンの膝や手の土などの汚れを強めにパンパンとはたいて落としてくれた時には、感極まってしまった。

……ソフトタッチも良いがハードタッチはもっとラリサの手の感触を感じられる。

その流れるような変態思考には流石《さすが》に自分でもドン引きしたのだが、あくまでも正攻法で得られるささやかな幸せを堪能しているのであって、決して嫌がるラリサを無理に追い詰めたり強要しているわけではない。単なる日常での些細《ささい》なハプニングの一つである。

――であるならば、たまに……そう、たまにハードタッチを求めるようなアクシデントがあっても、それは「アリ」なのではないか？

ラリサが頻繁に転ぶようなことはまずないだろうし、彼女に万が一ケガでもされたらそちらの方が問題だ。俺の単独事故であれば全く問題ない。

……自然に転んだりできるよう特訓はせねばなるまい。

見た目は派手に汚れるような、でもせいぜい擦り傷程度で収まるように。

俺は自分の部屋で、ゴロン、と床に転がってみる。

床に体が接した箇所を確認しつつ、何度も転び方の練習をしてみる。

一番広範囲にラリサにパシパシしてもらうには背中側から倒れるのが一番良さそうだが、後ろに倒れるとなると、もれなく尻もちをつくような可能性が高いので却下だ。俺の尻なんて下品なものを、ラリサの華奢《きゃしゃ》な愛らしい手でパシパシさせるなんてことはできない。

（……やはり前方か横倒しの方がベストだな）

俺は一人頷《うなず》く。

しかしいくら自然に見せようと、始終転倒しているような男はうっかりさんではなくただのアホにしか見られないだろう。それでは困る。月に二回ぐらいなら……いや流石に多いか？　本能のままに転がりたいのはやまやまだが、足に何らかの問題があるのでは、と心配されると介護の気持ちになるかも知れない。まあせいぜい月に一度仕掛けるぐらいが限界だろう。

どちらにせよ【ラリサが人生で一番パシパシをした人間】の称号は、何があっても俺が頂こう。どんな内容であれ、ラリサの中での『一番』の称号は俺にとってかけがえのないものである。

◇　◇　◇

私とリカルドの関係にそんな遅々とした変化が見えてきた頃、文化祭が行われる七月になった。

基本この国でも二十四時間で月計算が十二カ月である。

文化祭は夏に、秋には体育祭が行われる。

以前は体育祭は夏だったらしいが、暑さで倒れる子が多かったようで、夏から秋に変わったそうだ。

まあ文化祭とは言っても一学年二クラスしかないので小規模なものだ。

一応アンディーブ学園は貴族の子女が通うところなので、家族や親族、使用人しか入場はできない決まりがある。

私のクラスは、祖父母などの年配者も来るだろうから、休める場所があった方が良いだろう、とカフェに決まった。

アンジェリーナのところは恋愛もののお芝居をするそうだ。

「私？　当然主役に決まってるじゃないの。何たってゲーム世界じゃヒロインだったんだもの。……

でもうちのクラスにはグウェインがいないから、クラスの子たちには申しわけないのだけど、やる気スイッチが全く入らないのよね……」

とアンジェリーナは密《ひそ》かに嘆いていた。

私のところのカフェは男子が看板や教室内のプチ改装のような力仕事を担当し、女子が楽な接待役と決まっている。それで、そこそこお金のある家の子ばかりなので、制服ではなくお揃《そろ》いの可愛いメイド服でおもてなししようとなった。

いくつかのカフェへ足を運んで実際に店の制服を調べて多数決を取った結果、黒地のワンピースに白いフリルのついた、前世でよく見た覚えがあるメイド服を発注した。

（こういうのって結構高いのねえ……二度と使わないのに）

前世の貧乏性が抜けないのか、メイド服に日本の感覚で二万円近い請求があるのに驚きはしたものの、出来上がったものはとても可愛らしく、大満足だった。

着てみると思いのほか似合ったのも嬉しかった。ま、何しろガワが一級品ですからね。

「――美人って一度は経験してみないと分からないものねえ」

感心しながら姿見で試着したメイド服姿を眺める。

リカルドも褒めてくれると良いのだけど……と私はワクワクしながら当日を待つのだった。

文化祭当日はまさに真夏、といった雲一つない晴天。それだけに暑さも倍増といった感じで、私のクラスのカフェは大盛況だった。

クラスメイトの両親や祖父母たちも、娘の可愛らしいメイド姿に目を細めていたし、私の両親とチェルシーもやってきて、私の格好が可愛らしい、似合うとベタ褒めで、メイドのチェルシーは興奮で頬《ほお》を染めていた。

「ラリサ様が着ればボロきれであっても女神です。ですが可愛い服は並ぶ者なしですわね。至福でございます……」

とハンカチで目を押さえていた。彼女はいつも身内贔屓《びいき》が過ぎる。確かに自分でも似合うとは思うけれど。

リカルドのクラスは、グウェインの要望で周辺の草木の図解説明の展示になったようで、事前の調査や絵の得意な子がスケッチをしたりするのに時間が掛かったそうだが、展示してしまえば時間ごとに受付が二人ほどいれば対応できるとのことで、早々にカフェにやってきた。

「ようこそ——あらリカルド早かったのね！」

入り口でお辞儀をするため待っていたら、こちらへ向かってきたリカルドが私を認め、そのまま棒立ちになってこちらをガン見していた。

「……リカルド？」

私が声を掛けると、ハッとしたように笑顔を見せた。

「――驚いたよ。とても似合うねラリサ。可愛らしい」

「そう？　似合うと言ってくれるとお世辞でも嬉しいわ。もう少しで交替だから、良ければ一緒にアンジェリーナのお芝居を見にいかない？」

「もちろんいいよ」

　リカルドが褒めてくれると、家族に褒められるより嬉しい。これが恋というものなのだろう。

　私はいそいそとアイスティーを運び、ゆっくりしていってね、と席を離れる。

　彼と話していたいのはやまやまなのだけど、残念ながらこの暑さでカフェは忙しい。次から次へ新しいお客様が現れるし、女子五人ずつの交代制だ。注文を捌《さば》くのに精一杯で、リカルドには申しわけないけれど一人に構っていられない。

　リカルドも笑みを浮かべながら静かにアイスティーを飲んでいた。

「うおっ、ラリサすっげー可愛いじゃんか！」

　いきなり大声で言われ、驚いて振り返ると、ジェイ殿下とビリーがカフェに入ってきたところだった。

「ビリー先輩、騒がしいですわよ」

　席に二人を案内しながら小声で注意する。

「おっとすまん。いやあ、でもこんな美人が町のカフェにいたら、毎日でも通っちゃうよなあジェイ？」

「ビリー、もう少し静かに話せないのかお前は。――すまないねラリサ。でも可愛いのは本当だよ。もちろん、ここのカフェのレディはみんな素敵だけどね」

相変わらず目に優しくない輝きのオーラと笑みを放つジェイに、きゃあ、という嬉しそうな女子の歓声が上がる。流石殿下。ゲームで伊達《だて》にメインヒーローだったわけではない。全方位に魅力を振りまける能力がデフォルトである。

ジェイ殿下たちにそれぞれ飲み物を出して、一言二言話して持ち場に戻る。

そろそろ交替の時間かしら、と時計を見てからリカルドにも視線を移すと、さっき見た時の穏やかな笑顔から一転して、眉間《みけん》に少しシワが寄ったものすごい不機嫌な顔になっていた。

……え、何で？

少し待たせすぎてしまったかも知れない。忙しいのは見て分かってても、三十分も待ってたらそりゃあ機嫌も悪くなるわよね。

私は早く交替の子が戻ってくれますように、と祈るような気持ちで廊下を眺めていた。

「本当にごめんなさいね、待たせちゃって。――怒ってる？」

「え？　いや全く。どうしてそんなこと言うの？」

幸いあれから五分ほど待っていると交替の子たちが戻ってきたので、エプロンだけ外してリカルドと体育館へ向かっていた。

「だって、さっき眉間にこう、縦にシワが……」

「……ああ！　もしかしたらカーテンの方から日差しが直《じか》に当たって眩《まぶ》しかった時かな？　ほら、私は片目を酷使するから、どうしても目が疲れやすくて。だからつい目を細めちゃって……気を遣わせたのならごめんね。怒っているとかじゃないから気にしないで」

「まあ……私こそそんな日が当たるようなところに案内してしまってごめんなさい。目は大丈夫？　目が疲れてるならお芝居に誘うのはやめておけば良かったわね」

「いや、大丈夫だよ。眩しすぎるからね太陽の光は。さ、見にいこうよ」

　彼がいつもの笑顔に戻ったのでホッとする。

　アンジェリーナのクラスの舞台は、要約すればロミオとジュリエットに似たような話で、両親の反対で一度離ればなれになった二人が紆余曲折《うよきょくせつ》を経て結ばれる、というラブストーリーだ。

　舞台に立つアンジェリーナの美しさと言ったら言葉にできないぐらいだ。少々相手役の男子が可哀《かわい》想《そう》になる。華やかさが段違いだ。いや、彼もクラスの中ではイケメンなのだと思うが、十六歳にしてはかなり大人《おとな》っぽく見えるタイプ。彼女の好みとは真逆なのを知っているだけに、アンジェリーナも演技とはいえ愛を囁《ささや》くのは「気乗りしない」と言っていたのも頷ける。

　ただ話自体は感動的で、終わった瞬間には思わず立ち上がって拍手しまくった。

　アンジェリーナはお辞儀をしながら私が目に入ったようで、いたずらっ子のような顔でウインクを飛ばしてきた。ぐう可愛い。

体育館から出てもまだ私の興奮は冷めやらずであった。

「リカルド、舞台とても面白かったわね！　アンジェリーナもとても綺麗だったわ」

「そうだね。話もよくできてたしね」

彼は頷き私に笑顔を向ける。

リカルドは私といる時は笑顔を見せることが多いが、普段は割と仏頂面《ぶっちょうづら》というか、無表情に近い感じだ。もっと笑顔を見せた方が周囲にとっつきやすく思われるだろうに。何たってベースはゲームの攻略キャラ（しかも二周目以降にしか出現せず攻略難易度が高い）なので、どこからどう見てもイケメンなのだし。

やはり片目を傷つけたことで心にも何かしら抱えるものはあったのだろうとは推測できる。

アンジェリーナの言うように、私に恋愛的な好意があるんじゃないかと考えるにはまだ半信半疑だけれど、少なくとも信頼関係は他の人より築けているのが嬉しい。

「ラリサ……あの、ね」

急に真顔になったリカルドが私を見つめる。

「なあに？」

「……ラリサはほら、生徒会にも手伝いで出入りしてたりするって聞いてるけど……ジェイやビリーとはその、親しいの？」

「……親しい？　まあ確かにアンジェリーナと一緒に生徒会に出入りはしているけれど、単に書類作りの手伝いとか整理ぐらいだし、指示を受けたり質問したりぐらいかしらね。他の先輩よりは話す、ぐらいの付き合いだと思うわ」

「いやさっきカフェで仲良さそうに話していたから。――うん、それなら良いんだ。それにしてもちょっとビリーって馴《な》れ馴れしいんじゃないかな」

「まあ下級生にはみんなあんな感じよビリー先輩は。それに、私はリカルド以外の上級生はあまり親しくしたいと思わないし。知ってるでしょう？　私はあまり上辺《うわべ》だけの付き合いって上手じゃないのよ。それに部活動でもしてなければ接点もないもの」

結局あれやこれやあって、今のところ自由な時間の方が大事だと思って部活動には参加してないのよね。アンジェリーナとも仲良くなれてしまったし。

「――うん分かってる。君はそのままでいいよ。社交なんて必要な時だけやればいいと思うしね。無理しても疲れるだろう？　……それよりお腹《なか》空かないかい？　三年生のクラスでサンドイッチとかフライドポテトを売ってるらしいからどう？　私はさっきからお腹が鳴ってしまわないかと心配で心配でさ」

いつの間にか機嫌を直したのか、お腹を押さえてニヤリと笑うリカルドに私もつられて笑ってしまった。こういういたずらっ子みたいな表情も、今ではきゅんと胸が高鳴ってしまう。

「それは大変ね。まだ交替まで時間はあるからお付き合いいたしますわ」

「そりゃ良かった！　さっ、行こう」

リカルドに引っ張られるように階段を上りながら、声も好きだなあ、と思う。

少し強引に思えるような時も、決して私の嫌がることは押し付けもしないし、私が転びそうな時にも自分が犠牲になっても守ってくれるところも、友人と思っていた時には優しいとしか思えなかったけど、今は何もかもがときめいてしまう。アンジェリーナが言っていたように、本当に私に友人以上の気持ちを持ってくれているのでは、と期待してしまうのだ。なるほど、恋というのはこんなに人を幸せな気分にさせてくれるものだったのね。

前世でももっときちんと恋をしておくべきだった……いや、それ以前にちゃんと人と向き合うべきだったのだわと反省する。今の人生では良いことも悪いことも全部ひっくるめて、全力で人生を謳歌《おうか》したい。後で後悔しないように。

……それにしてもリカルドの背中は頼りがいがありそうでいいなあ……。

彼を見ていると幸せで、油断するとにへら～っと顔が緩みそうになってしまう私は、もう恋の海にずぶずぶ埋まっているのだろうな、と思った。


「……ちょっとラリサ、まさか手を繋いでから今まで何の進展もないの？　冗談でしょう？　それ本気で言ってるの？」

「はい、申しわけございません！　ですが、大分緊張せずに繋げるようになりまして、自分としてはこれはかなりの進歩ではないかと――」

「だまらっしゃい。そこに正座」

「はい！」

文化祭が終わった後すぐの定例のヤンデレ学会が開催されて早々に、私は自分の部屋の床で正座をする羽目となっている。

アンジェリーナからすれば、先日の舞台も仲良く二人で見にきていた、週末ごとに二人でお出掛けしている、私もリカルドも機嫌はかなり良さげである、それならキスぐらい当然しているだろう、と思って安心していたところ、私が「まさかそんなキキ、キスなんて」、というリアクションをしたので説教されているわけである。

「未成年とはいえ、キスぐらいは普通するでしょう？　いえもちろん体の関係はダメよ？　ダメだけど、キスまでは全然許容範囲じゃないの！」

「世間一般の事情と私の事情は異なりまして……二次元と三次元ではまさに次元が違うのです。何というか、恋愛ゲームなら攻略のためにグイグイいくのは全く抵抗ないんですが、現実ではそうそう上《う》手《ま》くいかなくてですね。広くて深い川が間に横たわっていると申しますか……」

「あのね、五歳の子供でも仲良しは普通に手を繋いでるのよ？　私ですらグウェインとキスの一つや二つしてるわ」

「つっ！　ということはもう既にお付き合いの関係を……」

私は目を見開いた。

じっくりと進めると言っていたアンジェリーナに裏切られたような気持ちだった。

「当たり前じゃないの。アンジェリーナよ私は？　……と偉そうに言っても、最初はだまし討ちのようなものだったけど」

「あのっ、そ、それはどのように……」

「怖いから正座のままにじり寄らないでちょうだい。――まあ送ってもらった帰りに、お礼として私からほっぺにその、軽くちゅっとね」

「……大変甘酸《あまず》っぱい感じで、聞いているだけでドキドキします先生」

「それで習慣のように毎回帰りにほっぺにしてたんだけど、ある日グウェインが急に顔の向きを変えてきて、その……唇になったのよ」

頬を赤らめて照れ臭そうに告げるアンジェリーナは、確実に恋する乙女だった。私の方まで何だかドキドキしてしまう。

「――ああ羨ましいわ！　何て羨ましいのっ！　現実世界でそんなラブコメ展開を実践できるなんて……私はそんな器用なことできないわあああっ」

「ちょっと、叫ばないの。……私もほら、前世の記憶があるものだから、自分をイケイケの肉食系女子……は盛ってるけど、彼よりは人生経験のある大人の女だと思ってたの。……でもやっぱり、一から人生やり直して今十六歳なわけじゃない？　だから前世の知識があろうが心は十六歳なのよね。もう、正直心臓バクバクしたわ。考えてみたら、グウェインに一から教え込んで、なんて言ってたけど、そもそも今の私は男性経験すらなかったわと実感したわ」

「甘酸っぱい、甘酸っぱいわ……まさに恋する乙女！」

「それで、まあ今はすっかり乙女モードよ。交際を申し込まれた時も顔熱かったし真っ赤だったと思う。即答したところは自分らしいと思ったけれど。やっぱり前世ほど達観した考えはできないものよね。それもそうよね、だって新しい人生なんだもの」

そう話すアンジェリーナに、つくづく自分の押しの弱さというか、臆病な部分が残念で情けなくなった。私は前世の影響をもろに受けてしまっているのかしら。それとも今の私も元々こういう押しの弱い性格なのかしら。

「せめて、交際を申し込んでキスまで持ち込まないと、学園でのラブラブ生活というのは程遠いのよね……」

「率直に答えれば、まあないわね」

「……あのう、あれですか先生、手の繋ぎ方を普通のからいわゆる恋人繋ぎ的なものにするというのはどうでしょうか？　それなら頑張ればできそうな気はするのですが」

「小学生レベルよねそれでも。大体何でリカルドに告白しないのよ。あの男、ラリサ以外眼中にないわよ？」

「親しい関係というのが築けている自信はそこそこあるのですが、先生のようにグイっといって、もし関係が崩れてしまったらと考えると、今一歩が踏み込めないと申しますか……」

「ラリサ、あなたは美人だって言ったでしょ。真摯に受け止めろとも言ったわよね？　ラリサが怖がって友だちの座に甘んじたまま、気がつけばリカルドの恋人の座を誰かに持っていかれるってこともあるかも知れないでしょう？　良いのそれで？」

「良くないです。良くないんですけど……」

そう、きっかけ。きっかけが欲しいのよ。臆病な私の背中を押すきっかけが。

「……毎週末一緒に遊びに行くぐらいだから、私からすればほぼ彼氏彼女みたいなものだとは思うけれど、実際に付き合っている、という相互理解は大事なの。今のままでは中途半端な関係のままで、何も変わらないわよ？」

「そうよね。それは私も分かってるの……」

でも。でも、なのだ。

初めての恋に浮かれているからこそ、なおさら失敗したくない、下手《へた》な真似をしたくないと考えてしまう弱い自分もいる。彼を……リカルドを失いたくないから。

「他の男性がラリサにアクション起こしてきたら、即ヤンデレ覚醒しそうよね。大体リカルドもリカルドなのよね。天性のヤンデレ気質があるくせにゴリ押ししてこないとか、囲い込みに入らないのだもの。ヤンデレの風上にもおけないわ。……でも以前、ジェイ殿下の前で卒業後に婚約をする予定、とか勝手に宣言したのでしょう？　そっか、今ラリサに告白したら、婚約って宣言したから仕方なく告白してる、みたいに思われるのが不安だとか？」

「どうなのかな。どちらにせよ、私のような恋愛初心者に、リカルドの心の動きなんか分かるはずないでしょう？」

「うーん……ヤンデレの思考回路はどう転がるか分からないから困るのよね。――密かに心の中に気持ちをずーっと温めてて、次第にその思いが煮詰まって黒くドロドロになるのがヤンデレなのよ。もう覚悟を決めてて、ラリサから唇の一つや二つ奪って告白してみたら？　でもでも言っていると、ラリサの方も偉い人たちから婚約を打診される可能性も高いんだから。見《み》目《め》麗《うるわ》しい未婚の若い女性を求めるそれなりの地位の男がどれだけいるか、この世界で生きているのだから分かるでしょう？　愛人に屋敷を与えて堂々と囲っている人すらいる世の中なのよ？」

「……ええ」

　この国の貴族社会では、後継ぎを作らねばならないという大義名分があるので、正妻に男の子供がいない場合、愛人がいるのは特別なことではない。言葉は悪いが、流行《はや》り病や戦で死ぬかも知れない後継者のスペアとして、財力がある大貴族ほど二人、三人いる場合もある。

　そして愛人に男子が産まれた場合は、引き取って正妻が育てることもある。

　夫に普通に愛人がいるとか私としては考えるのも嫌だが、それが爵位を持ち領地を抱える貴族が血を守る方法だ。名門と呼ばれる貴族ほど血族を大切にする。

　納得はできないが、致し方ないものとして心情的に理解はできる。

私が美人に生まれたことのデメリットだって当然存在する。好きでもない人に見初《みそ》められて政略結婚させられる可能性が限りなく上がってしまうことである。富裕な貴族の後継者ほど色好みだったり、見た目を重視する傾向があったりする。

「だけど、ジェイ殿下たちにはっきり宣言したのだから、私はもう売約済みとか思われてないかしら？」

「逆に言えば、彼ら以外の人たちはそんなこと全然知らないでしょう？　せいぜい幼馴染《おさななじ》みとかただの親しい友人ぐらいにしか思ってないと思うわよ？　現実問題として婚約している、付き合っているという事実がなければ、未来の見通しなんてないも同然じゃなくて？」

「……確かに」

「ラリサも完成度の高い美貌のせいで中身のヘタレが外に出にくいし、リカルドも普段から無表情だったりむすっとしてるでしょ？　一人か二人は自ら手に掛けているみたいな眼光鋭い眼差《まなざ》しも、周囲からは感情が読みにくいし。つまりは恋愛的な要素が見えないのよ。要は甘さが足りないのよ。とても卒業後に婚約するとは思えないぐらい。周囲に察して欲しいというのは無理があるんじゃないかしら」

私はがっくりと肩を落とした。

ラブの道は勉強ほどには簡単ではないようだ。

第七章　決戦はクリスマス

　心の焦りはあるのだが思ったようにきっかけがないまま、私はリカルドと定期的にお出掛けをして手を繋《つな》いで、という大変仲良く健全ではあるが、全く色気を感じるような関係にもなれず、ただ時が過ぎるばかりだった。

　暑さもいつの間にかしのぎやすい気温になり、体育祭もさらりと過ぎた。

　これは観客なしで開催される小規模なもので、運動不足解消程度の軽いものだったし、ここで恋愛モードにはなりようもなかった。

　生徒会でのお手伝いも続けているが、グウェインとアンジェリーナが付き合っていることを公表したことで、公然イチャコラを見せつけられている状況で、羨ましいのと少々寂しいのとで落ち込んだりもする。

　ジェイ殿下やビリーは時間が経《た》つにつれ、以前よりは気楽に会話ができるようになったのはまあ良いことかも知れない。リカルド以外の同世代の男性とは、話す際にどうしても緊張してしまいがちな自分としては、かなり頑張っているのではないかと思う。

　ただでさえ美形の、しかも本来なら近づいてはいけない攻略キャラだ。前世の私ならビビッて今でもアワアワしていただろうが、恋を自覚している私は現在、リカルド以外の男性に何の感情も見出せないので、周囲に規格外のイケメンが一人二人転がっていても何とも思わなくなっている。

……まあこの世界でジェイ殿下と婚約していたら身の破滅だった可能性は未《いま》だにあるので、彼が誰かと早く婚約してくれないか、と心から願っているのは変わらない。

それにしてもこのままでは私もどっちつかずの状態だ。

早くリカルドとの関係をどうにか前進させなくては。

そう思ってはいるのだが、いくら現世で美人であるとは言え、それはあくまでも外見の部分。前世の自分の非モテ陰キャ女子であった頃の、恋愛に対する消極的な部分というか引っ込み思案な部分が心に残っており、いつも私の行動にブレーキをかけてしまう。

考えてみれば、リカルドに恋する女性が今後一人も現れないなんてありえないのだ。彼が無愛想で人見知りだから周囲が近づきがたいだけで、実際は陰ながら慕われている可能性だってある。あれだけ頭も切れて優しくて、見《み》目《め》麗《うるわ》しい将来有望な貴族、それも名ばかりの名家でなく、かなり財力が伴う伯爵家だ。

（いくら私の外見が美人とは言え、中身の出来が良いかと聞かれると淑女には程遠いものね）

私はため息をついた。要は顔以外に自信を持って推せる部分がないのだ。

勉強も文系は強いけど理数系は弱いので、勉強しても平均点を取るのがやっとだし、一般教養やマナーだって家庭教師に及第点はもらっているけれど、手放しで褒め称えられるほどではない。はっきり言えば、見た目以外は良くも悪くも本当に平凡なのだ。

まあ美貌以外に突出したものがないと自分で言い切るのも大概よねとは思うけれど、実際に謙遜しても美人なのだからこれは仕方がない。むしろここでいえいえ私なんて大したことありませんわ、などと言う方が嫌味である。大したことあるのだから。

だが逆に、年々劣化していくだろう外見しか褒められる部分がないのも情けない話ではある。中身をこれから頑張るしかないわね。

いや、自分の話はともかくリカルドよ。

よそ様に奪われてしまう前に何とかお付き合いの方向に向かって突き進まねば。

しかしどうやって……私は頭を悩ませ、ハッと顔を上げた。

（クリスマス……そうよクリスマスがあるじゃないの！）

私は一筋の光が見えたような気がした。

この国には当然ながらバレンタインデーなどあるわけもないので、堂々と女子から告白できる日がない。己で動くしかないのだ。すると一番ロマンティックな日と言えば、みんな大好きクリスマスではないか。告白できるとしたらここ以外ない。

（これぞ神から下されたビッグチャンスだわ。私にはもうこれしかない！）

神様、私に何卒勇気をお与え下さい。

ヤンデレ学会と勝手に名付けられた定期会合で、私はアンジェリーナにクリスマスに行動を起こす、と宣言した。

　宣言して退路を断たねば、また私の臆病さが顔を出す可能性があるからだ。

「なるほど……クリスマスね。良いわ、ロマンティックじゃない。で、作戦は？」

「その頃にはもう学園も冬休みでしょう？　だから昼間からお出掛けして、夕食まで一緒にいたいって言うのよ」

「ふーん……それで？」

「そこでクリスマスプレゼントを渡して、できれば私と付き合って欲しいと告白を——」

「……十点ね」

「まあ十点満点で？　そうよね私かなり勇気出してると思うの！」

「百点満点中の十点よ」

　口をあんぐり開けたまま、私は呆然《ぼうぜん》としていた。

「ど、どうして？」

「デートは良いと思うけど、クリスマスプレゼントは？」

「それは、時計でもどうかな、と」

「減点二。そこはお手製のマフラーとか手袋とか考えなさいよ。ヤンデレってのは、誰でも買える品物よりもオンリーワン。自分へかけてくれる愛情と時間に敏感なのよ」

「わ、分かったわ」

「問題は告白なのよね……」

　アンジェリーナが目を閉じて考え込む。

「ねえ、何が悪いのかしら？　ちゃんと付き合って欲しいって言ったらダメなの？」

「いえそうじゃなくて、ラリサから言うってのがダメなのよ。なるべくリカルドから言わせるよう仕向けないと」

「……どうやって？」

「そうね……じっと目を見つめて、『ねえリカルド、私のこと、どう思ってるの？』とか言ってそっと手を絡めるとか」

　私はいつものようにスカートのポケットからノートとペンを取り出した。

　有益なアドバイスをくれるアンジェリーナの言葉を忘れないように、最近では小さなノートにメモを取るようにしている。恋愛も学習なのだ。

「振り向かせたい女ムーブをするわけね。なかなかハードルが高いけれど――それで、もし大切な友人としか思ってないと言われたら？」

「ないと思うけど、その時は『それじゃあ異性としても大事な人と思ってもらえるように頑張ってみてもいい？』とか可愛《かわい》く聞けばいいじゃない。大丈夫よ、ヤンデレなんて自分の愛情アピールしたくていつでもダムが決壊寸前なんだから、耳が濁流に流されるぐらい色々と言ってくれるわ。色々溜《た》め込んでそうだしね彼。毎週一緒に出掛ける仲で、手も繋いでるのに嫌いってのはありえないから、それは心配しなくても良いわ」

「そうかしら……」

「ああ、ただし、既にリカルドが心に闇属性を抱えている場合は、出てくる本音がえげつないこともあると思うからドン引きしないように」

　えげつない……現在は物静かで優しいリカルドからそんな発言が出るとはとても思えないけれど、何でも心構えは大切ということね。

　私はちまちまと小さな文字で書き留めた。

「貴重なアドバイスを胸に刻み、全身全霊を傾け邁進《まいしん》する所存です」

「だからラリサは堅いのよ。きっと前世も真面目《まじめ》だったんでしょうね、ふふふっ。ラリサとは恋バナも楽しいわね。退屈だと思っていたけれど悪くないものね。これも恋の力かしら？」

「真面目？　うーん、私は単なるオタクだったし、そんなこともないと思うけれど……」

「多分その生来の生真面目さが、現在のガード力の高さに繋がっている気もするのだけどね……男性が近寄りがたいって言うのかしら。お高く留まっているっていう感じともまた違うけれど」

「ああ、人付き合いが苦手だから、緊張して警戒するのはあるかも知れないわね」

「そうね。まあリカルドはガード自体もう跡形もないから気にしなくて良いかしら。目指せファーストキスよ！」

　私は強く頷《うなず》いた。

「ええ、頑張るわ私！　……あのー、それで、ものは相談なのだけど」

「なあに？」

「マフラーの編み方を教えて頂けないでしょうか先生」

「編み方も知らないのに、よくクリスマスまでに編もうと思ったわね。私が編み物できなかったらどうするつもりだったの？　いえ、その心意気は評価に値するわね」

アンジェリーナは任せて、と自分の胸をポンポンと叩《たた》いた。

やはりヒロイン属性。得意なものが多くて羨ましい。

私はその後クリスマスまで、アンジェリーナ先生のもと、歪《ゆが》んではほどき、失敗してはほどきを繰り返したものの、何とか無事マフラーの完成までこぎつけた。もうアンジェリーナには頭が上がらないわ。彼女の女子力は一体どうなってるのよ。私にも一つ二つ分けて欲しいものだわ。

◇　◇　◇

アンディーブ学園では十二月の二十日から一月の十日まで、長い長い冬休みに入る。

俺の大切なラリサに会える時間が減る。悲しい。

学園の休みは多すぎるのではないか、と保護者の振りをしてクレームの手紙でも送らねばと考えていたのだが、なんとラリサがクリスマスの予定を聞いてきた。やはり休みは大切だ。もっと長くても良いんじゃなかろうか。

「――クリスマス？」

「ええ。せっかくのお休みだし、お店ではクリスマス用の美しいケーキやお菓子も沢山《たくさん》出るじゃない？　町も飾りつけが華やかになったりして、眺めているだけで楽しいから、もし良かったら一緒にどうかしら、と思ったの。アンジェリーナはグウェインとデートする予定らしいから、邪魔するわけにもいかないし」

……そう言えば我が心の友であるアンジェリーナが、あのグウェインと付き合っているとラリサから聞いた時には心底驚いた。一体どう動けばそんなに短期間で恋人関係になれるのだ。

俺など十歳の時に一目惚《ぼ》れしてから、十五歳でようやく天の配剤で友人関係になれたのに、二年経った現在でもただの友人のままだ。

いや、最近ラリサが手を普通に繋いできたりするし、汗も拭ってくれたり葉っぱや転んだ際のホコリも気軽に取ってくれるという親密さの上昇はある。これは地道に信頼を築き上げてきた結果だとも思うが、いかんせん歩みが遅すぎる。

ジェイ殿下やビリーには婚約前提であると睨《にら》みを利かせたが、他の男どもは虎視眈々《こしたんたん》とラリサを狙《ねら》っているに違いない。俺のラリサに好意を持つ男なんて皆この世から消えてしまえ。

ただここで無茶をして、もしラリサに嫌われてしまったらと思うと、絶望と恐怖心が先に立ってしまい今一歩距離を詰め切れない。

それがクリスマスだって？　いわゆる恋人には欠かせないイベントではないか。どんな予定があろうと、俺にはラリサとのデートを断ってまで優先すべきものなどない。

きっとラリサにはそんな考えは微塵《みじん》もないのかも知れないが。

「もちろん空いてるよ。誘ってくれて嬉《うれ》しいな」

「まあ本当に？　私も嬉しいわ！　……あの、それでね、良かったら夕食も一緒に食べない？　何度か家族で行ったレストランで、クリスマス特別メニューというのがあるらしいの。毎年凝ったものが出るらしくて、一度食べてみたいなと思って」

……夜まで一緒だと？　ラリサは私を本気で殺す気できているのか。

これはもう婚約してしまって良いのではないだろうか。

二人でクリスマスディナーなんて、もう夫婦か将来を誓い合った恋人同士でしかありえないじゃないか。冬休みの間に正式な手続きを踏んで婚約の誓約書へのサインをもらうべき事案ではないかそうだそうに違いない。

……いや待て待て待て、落ち着け冷静になれ。

ラリサは見た目の細さの割によく食べるし、実際食べるのが大好きだ。美味《おい》しいものを食べて見せる笑顔は、この世のどんな宝石よりも眩《まぶ》しく輝いている。

彼女にとっては聖夜であることなど、普段より珍しいメニューや商品があるぐらいにしか考えておらず、美味しいものを食べたいが一人で食べるのも寂しいから俺を誘う、としか思っていないかも知れない。……残念だが、現在の関係性から冷静に考えても多分、それで間違いない。

クリスマスに誘われたからと言って、俺とラリサはまだそんな甘い関係ではないのだ。自惚《うぬぼ》れるなリカルド。眠ってもいないのに夢を見るんじゃない。

だがそれでも長い時間ラリサと一緒に過ごせると思うだけで、俺は天にも昇る心地だ。

「じゃあ当日は十時に屋敷まで迎えにいくよ、それでいいかい？」

「ありがとう！　楽しみにしてるわ」

「私も楽しみだ」

ラリサと別れて自室に戻ると、抑えきれない喜びで落ち着かず、部屋を目的もなく行ったり来たりしてしまう。

もう二週間もない。ああ待ち遠しい。だが楽しい予定というのは、当日まで待つ楽しみがある。喜びが確約されている日を待つというのは何と甘美なことか。

笑みがこぼれそうになり、あることに気づいて頭から血が引く音が聞こえた気がした。

（……クリスマスプレゼント……！）

子供や独り身、ご老人などクリスマスは大概家族と過ごすのが定番だ。

——まあ我が家は義母とあまり上手《うま》くいってはいないので、義弟にプレゼントだけあげて、あとは普通の一日と全く変わらないのだが。

ラリサもきっと家族と過ごすだろうと思って、義弟へのプレゼントしか用意していない。

プレゼントなど渡す機会もないだろうと思って考えてもいなかった。

何という失態。思いがけずクリスマスに会える予定ができたと言うのに、プレゼントを渡さないなどありえない。

ラリサがプレゼントのことは考えてなかった、という可能性も高い。

だが、もしプレゼントがもらえなかったとしても構わないではないか。

クリスマスにラリサを独占できるだけで俺には最高のプレゼントだ。俺が堂々とプレゼントを渡せる機会を逃してどうする。

……しかし、何を買えば良いのだろうか。

ラリサはアクセサリーなどの貴金属に全く興味がないので、贈るとすれば好きな作家の新刊か、最近興味が湧いたと言っていたお菓子のレシピ本、あとはせいぜいレターセットか、最近出たインクが長持ちするペンぐらいだろうか。

――あまりにも平凡だ。色気がなさすぎる。

突っ伏したベッドの上で頭を抱えた。

学生だし、あまり高価なものをあげてもラリサが困るだろう。かえって遠慮されてしまうだろう。

それでは困る。

花か。花なら良いだろうか？　……しかし花は萎《しお》れてしまうから長時間持ち歩くものでもないし、買い物するとしたら邪魔になるだろう。

俺の頭の中はプレゼントのことで一杯になったが、考えれば考えるほど何をあげていいのか分からなくなる。

俺はしばらく考えたが、どれも今一つピンとこない。

友人としてではなく、異性として意識してもらえるようなプレゼント。そんなものが果たして都合よく存在するのか。

全くいくら勉強ができたところで、ラリサに対しては何の役にも立たないではないか。

そこで、ふとある考えが浮かぶ。

……大変遺憾ではあるが、これはもう心の友に聞くしかない。

アンジェリーナならば、ラリサの欲しいものぐらいある程度予想がつくのではないか。

悪くない考えだ。そう思うと少し気が楽になった。


翌日。食堂でアンジェリーナが一人で食事をしているのを見つけ、これ幸いと急いで近づいた。

「あらリカルド先輩、どうしたのですか？　ラリサは授業で使った機材を片づけるので遅れてますわよ」

「いや、今はアンジェリーナに少しだけ話があるんだ。少しだけ相談したいんだが」

「え……私にですか？」

俺はアンジェリーナに、クリスマスプレゼントとしてあげたらラリサがとても喜んでくれそうなものはないか、と尋ねてみた。

「プレゼントは何度もあげているんだが、実用的なものばかりでね。クリスマスにプレゼントを贈るのは初めてなんだ。どういうものをあげたら喜ばれるだろうか？」

「まあ、そうですの……」

少し考えていたアンジェリーナは、ストールなんてどうでしょうか、と答えた。

「ストール……」

「年が明けてもまだ当分は寒いですものね。ストールは気軽に羽織《はお》れますし、コートよりも軽くて私も便利に使っておりますわ。ラリサは多分ストールは持っていなかったと思います。小さくまとまりますし、プレゼントとしてもよろしいのではないかと思いますわ。どんな服装にも合わせやすい無地がお勧めです」

「なるほど……そうか、助かったよ！　邪魔をしたね」

俺はお礼を言いすすすっ、と席を離れる。

——なるほど、軽くてコンパクトにまとまって場所も取らない。プレゼントには最適だ。早速《さっそく》今日にでも町の店を覗《のぞ》いてこようと決めた。

俺の週末は常にラリサのために空けておくようにしているので、放課後ぐらいしか自分の買い物に費やせる時間はないのだ。

その日の放課後に町の洋服屋に向かい、若い女性向けのお勧めを尋ねながら、濃茶系の無地のストールを購入し、プレゼント用に包装をしてもらった。今流行の茶系統は、年配だとかえって老《ふ》けて見えるが、若い女性だと若さが引き立つのだと説明を受けた。

流行はよく分からないが、ラリサのプラチナブロンドの美しい髪ならどんな色でも似合うだろう。ラリサに似合わないものなどない。

寮に戻ると包装されたプレゼントをクローゼットにしまう。

これをラリサが羽織ってくれたらと考えただけで心が高揚する。

考えたら、俺がラリサに身に着けるものをプレゼントするのは初めてではないだろうか。

こういったものには誰しも個人の好みがある。いくら俺が何でも似合うと思っていても、ラリサの好みでなければどうしようもないし、と思い贈るのを控えていた。

本当は常に身に着けてもらえるようなものを贈りたいのだが、リカルドの好みは私と合わないわね、センス悪いのね、などと言われたらダメージを受け止め切れる自信がなかった。まあいつも優しいラリサがそんなひどい台詞《セリフ》を吐くとは思えないが、想像というのは可能な限りの悪いイメージまで考えてしまうものなのだ。

だが今回のストールは店員もお勧めだったし流行の色合いらしい。アンジェリーナの言っていた通り、柄物ではなく無地ならば使い勝手も良いし、あまり個人の好みの影響は受けにくいのではないかと信じたい。

俺は、クリスマスのデートに誘われた時に決意をしていた。

——今年のクリスマスには俺もいい加減行動を起こさなくては。

いつまでもこの現在の幸せな関係を、俺の不用意な発言で壊したくないと怯《おび》えていたが、このままでは発展はない。

もう流石《さすが》に俺の気持ちは伝わったのではないか。少なくとも友情以上の気持ちがあると理解してくれているのではないか。最近の親密さからそう考えている。

……だがラリサはその辺りについては疎《うと》いというか、かなりぼんやりとしていると言うか無頓着《むとんちゃく》な感じなので、ちゃんとこの愛が伝わっているのかは心もとない。

付き合いたいと告白して断られてしまったら生きていける気がしない。

卒業したら婚約するつもりだとジェイ殿下たちの前で堂々と宣言したのだから、流石に大丈夫じゃないだろうか？　……かなり希望的観測だが。

あの時ラリサは笑って先走った発言を許してくれたが、卒業したら婚約したい発言も本気に捉えていない可能性もある。

「この先リカルドが好きな人ができなければ、婚約しましょうか」

みたいな言い方もしていたし、ありうる。

学園で知らない男子に馴《な》れ馴れしく声を掛けられるのが面倒だ、と俺に愚痴をこぼしていたから、婚約予定の人がいると周知されれば、変に告白されたりすることもなくなって楽になるかも知れない、ぐらいに思っていたのかも知れない。

また考えたくもないが、もう俺とは友人として接して長いので、もう恋愛感情が持てなくなっているが、それを俺に言って傷つけたくないと曖昧《あいまい》にしていたというルートもある。

俺もはっきりさせたくなくて、あえてこの辺りは確認せずにいた。世の中は白黒つけようとすると、大抵悪い予想が当たるものだから。

数年の付き合いで理解はしているが、俺の恋愛的な感情、心の機微みたいなものを察する能力がラリサには致命的にないのだと思う。きっとない。そうでなければ、ここまであからさまに好意を向けているのに無反応なのはおかしいじゃないか。

まあ鈍感なラリサも可愛らしくて好きなのだが。

俺ももっと強くアプローチできれば、といつも考えてはいたが、何しろ俺は片目が不自由だ。

我が家はそこそこ財力はあるし、頭の出来もテストで五位以下になったこともないので、悪くはないと思う。

だが目の傷はずっとこれからもなくなりはしないし、元に戻るわけでもない。

他の健康体の男性に比べたら、結婚相手としては望ましくないだろう。そう考えてしまうとかつには動けないのだ。

彼女がそう言う身体的なことを気にする人柄ではないのは分かっているが、俺より条件の良い男は腐るほどいるのだし、何もわざわざ俺を選ぶ必要だってない。

彼女がもう少し平凡な顔立ちなら、ここまで引け目を感じずに済んだのだろうか。

ラリサの父母、スティングレー伯爵夫妻もとても良い方だ。

娘が好きになった人と結婚させたいという希望があるそうだし、あのパーティーからずっと友人関係を続けている俺に対して、今も好意的に接してくれている。

目のケガにしても、スティングレー伯爵夫妻は特に不快そうな顔を見せるでもなく、

「男の子ってのは時にやんちゃをすることがあるからね。運が悪かったねえ」

とかえって同情してくれた。流石優しいラリサを育てたご両親だ。人としての出来が違う。

この長い友人関係があだとなり、もう異性としては意識できなくなったとしたら……ダメだ未来は真っ暗だ。生きる希望もなくなってしまう。

告白したいが断られるのが怖い。

でもこのままの関係より、恋人としてそばにいたい気持ちが抑えられない。

俺は日々繰り返す悶々《もんもん》とした毎日を過ごし、どう行動すれば良いのか決めかねたまま、とうとうクリスマス当日になってしまった。

◇　◇　◇

今日はクリスマスデートの日。

私は早起きして湯に浸《つ》かり、デートの準備に取り掛かった。

お気に入りのワイン色のベルベットのワンピースを着て、少し考えてパーティーに出席する時ぐらいしかやらない薄めのメイクもしてみた。

学園ではメイクは一部の陽キャ女子しかしてないし、私もリカルドと週末に町に買い物に行ったり、食事したりするのもスッピンだ。

父も母も今は学業が本分だし、メイクなど普段はする必要ないという方針だし私もそう思う。

だけど今日は特別な日なのだから。気持ちを奮い立たせるための武器は多いほど良い。

（粉をはたいて軽くアイシャドウ、色づく程度のピンクの口紅だけでも、元がいいと見映えするものねー）

鏡を見ながら他人事《ひとごと》のように自分の顔を眺め感心する。

この決戦の日、リカルドに少しでも綺麗だと思ってもらえれば嬉しい。

「……後悔しない人生にしなくちゃね」

紙袋に入れたリカルドへのプレゼントを改めて覗き込み、

（……でも、こんな出来の悪いもの、本当にあげても良いのかしら……）

本当に恋する乙女は心配事ばかりよね。

屋敷まで迎えに来たリカルドと共に馬車で町へ出発する。

「さあ、まずはどこへ行きたいんだい？」

「そうね、まずはクリスマスの装飾をしているデパートに行きたいわ。サンタクロースの格好をした人が何人もいるらしいのよ」

ワクワクした気持ちで答える。実際これも楽しみなのだ。年に一度のイベントだもの。

移動の間、美術館の展示が変わったからそちらも覗きたいとか、あそこの洋菓子店では雪のようなパウダーシュガーをかけたトリュフを売ってるんだとか、仕入れた情報を披露する。リカルドはニコニコと相槌《あいづち》を打ってくれるが、鬱陶《うっとう》しいと思われてはいないだろうか。

いつもとは別の緊張感があって、普段よりお喋《しゃべ》りな自分を落ち着かせる努力をすべきだわ。

学園の近くにあるこぢんまりした町とは違って、私たちが住む地域の最寄りの町は城下町なのでかなり大きい。リカルドも久しぶりに行くとのことで、楽しみらしい。

「だから買い物とか行くのも我慢してたんだ。せっかくラリサと一緒に行けるのが分かっているのに、もったいないだろう？　二人の方が楽しめるしね」

「まあ、それは光栄だわ」

気を遣ってくれているのかも知れないが、リカルドのこんな一言でも気持ちが舞い上がる。彼は本当に思いやりのある素敵な人だ。

馬車に揺られること二十分ちょっと。

到着した城下町は自分でも久しぶりで、思った以上に大きいと改めて感じた。歩き回っている人々も多い。子供を連れた家族連れ、恋人同士、その中で歩いている自分たちはどのような関係に見られているのだろうか。恋人同士だと思ってもらえたら嬉しいのだけど。

レンガが敷かれた道をいつものように手を繋いで美術館を巡り、デパートを覗き、昼食はワゴンで売られているソーセージの入ったパンと果実水で済ませる。リカルドと一緒だと時間があっという間だ。クリスマス仕様のお菓子や、大きな本屋で新しく入荷した本などを眺めていると、すぐに夕方になった。

冬は日が落ちるのが早い。まだ夕方六時前なのに既に夜のよう。

町を歩く人々も目に見えて減った。きっと彼らはこれから家族とパーティーをしたり、恋人同士でキャンドルでも灯《とも》してロマンティックな夕べを過ごすのだろう。

「レストランは六時に予約しているの。思ったより時間が早く過ぎてしまったわね。リカルド、沢山連れ回しちゃってごめんなさいね」

「何で謝るの？　私はとても楽しいし、ラリサが行動的な方が嬉しいんだ。ほら、私は出不精だから、放っておくとずっと屋敷の中で本ばっかり読んでいるだろ？　屋敷の使用人にも年寄り臭いとか心配されてるんじゃないかと思うと申しわけなくてさ」

そう言って笑うリカルドの笑顔に曇りはなかった。

彼が闇堕《お》ちしなくて本当に良かった。彼の笑顔は、今の私にとっては高級なアクセサリーやオーダーメイドの高いドレスなんかより何百倍も価値がある。

楽しみにしていたクリスマスディナーは、皿にも細かい飾りつけがされており、目でも楽しめる素敵なコース料理だった。味も一級だったと思うが、好きな人と一緒なら何でも美味しいだろう。自分の舌は今一つ信用できない。

「……ふうっ。綺麗《きれい》だったしとても美味しかったわねえ！　満足だわ」

「私も大満足だったよ。ご馳走《ちそう》さま」

店の支払いは私が誘った側だから、と払おうとするリカルドを止めた。

こういうところ自分でも融通《ゆうずう》が利かないなと思う。男性としては女性に払わせるのは……という気持ちにはなるのだろうし。

でもいつもは私の方がご馳走してもらっていることが多いのだから、感謝を込めてこのぐらいのワガママは通しても良いだろう。

気になるなら次回ご馳走してね、と冗談めかして伝えると「分かった」と微笑んでくれたので、ホッとした。

しかし一番の問題は、食事中にそれとなく気持ちを確認するとか、明確なアプローチを行えなかったことだ。本当にバカ。私のヘタレ！　朝の覚悟はなんだったのよ。

やっぱりいきなり元からない積極性を出そうとするのは無理があるのか。このままでは時間こそ長かったけれどいつもの「お出掛け」じゃないの。

でもここで諦めてはいけない。ここから巻き返しを図らねば。でもどうやって……。

私が頭の中で考え込んでいると、黙っていた私が気になったのか、

「ラリサ……？」

とリカルドが声を掛けてくる。

ぼーっとしてたとか言い訳しようとした時に、近くを歩いていた買い物袋を抱えた老女がつまずいた。すぐ横には民家の小さな池がある。この寒さだ、年寄りが落ちたら肺炎になりかねない。下手《へた》したら心臓発作でそのまま、なんて可能性もある。

「危ないっ！」

私は咄嗟《とっさ》に体が動き、倒れ込む前にその女性を受け止めたのはいいが、反動で持っていた紙袋が代わりにぱしゃっ、と池に落ちる。

何度もお礼を言う女性を笑顔で見送っている間に、リカルドが身を乗り出して急いで紙袋を拾い上げてくれていた。渡された袋はビショ濡《ぬ》れだった。これは中にも水が染みてしまったかも知れない。

「ラリサ、ごめん。急いで拾い上げたんだけど、濡れちゃったね」

私を何をやってもダメな人間だ。

何もかも上手くいかないようにできているんだわ。

堪《こら》え切れず涙が溢《あふ》れる。リカルドはオロオロした。

「本当にごめん！　泣かないでおくれラリサ」

「違うの、リカルドのせいじゃないわ……私の要領が悪いから」

人の行き交う町中で泣くなんて。またしてもリカルドに迷惑を掛けてしまった。

私は中からプレゼントを取り出して確認する。やはり少し濡れてしまっていた。自分のせいとは言え、何もかも台無しである。

「……実はね、リカルドにプレゼントしようと思って初めて編んだマフラーなの。……でも、デパートに行ったら、もっと素敵で見映えのするマフラーが沢山売ってたから、その……恥ずかしくて渡す勇気がなくなってしまって。水で濡れたら余計《よけい》みすぼらしいわね」

え、と驚くリカルドを見る。今日のリカルドはいつにも増して素敵に見える。

こんな幅も少しバラついてしまったようなマフラーなど、嬉しいはずがない。

持ち帰って自分用にすべきね、とまた袋に戻そうとしたら、リカルドが慌てたように私の名を呼んだ。

「ねえラリサ、今からでもそれ、もらってもいいかな？」

「え？　でもこんなに濡れてしまったし、本当に編み目も揃《そろ》ってなくて――」

「そんなの構わないよ。私が欲しいんだ」

私から受け取ったプレゼントの包装をリカルドが丁寧《ていねい》に開ける。

白とグレイの二色の毛糸で編み込んだ、下手くそなマフラー。中身はさほど濡れていないようだったが、呆《あき》れたことに彼はマフラーをいきなり首にぐるりと巻いた。

「ちょっ」

「どう？　私に似合うかな？」

「……ええ。あなたの瞳《ひとみ》に合わせたから似合うに決まってるじゃない。でも風邪を引いてしまうわ。早く外してちょ――」

「嫌だよもったいない。せっかくラリサが初めて編んでくれたマフラーなんだから。――あ、私も渡すタイミングを探してたんだけど、はいこれ」

彼は自分のバッグから綺麗に包装されリボンが巻かれたプレゼントを取り出した。

珍しく大きめなバッグを持っているなあと思っていたけれど、まさか私へのプレゼントが入っていたとは知らなかったわ。自分のことでいっぱいいっぱいだったものね。

「まあ私に？　開けても良い？」

「開けてもらわなきゃ困るよ」

包装を開けて茶の落ち着いた色のストールが出てきた時にはとても嬉しかった。わざわざ私のために女性向けの店で購入してくれたのだ、と思うだけで幸せだ。

「まあとっても温かそう！　こんな素敵なプレゼントもらっても良いの？　私なんてお手製の、それも仕上がりもイマイチなマフラーなのに」

「市販のものより手作りの方が良いに決まってるじゃないか。何より心がこもっているからね。私の方こそ既製品しか贈れなくてゴメンね。――でも、こんなものをもらうと、ラリサも私のことを好きなのかとちょっと誤解してしまいそうだね、ふふ」

……は？　私『も』？　今『も』って言ったわよね？

リカルドがあまりにも自然に言うので聞き流してしまいそうになったじゃないの。

アンジェリーナには相手から先に言わせるようにとかアドバイスされたが、どうでもいい。これを聞き流してしまうようでは女がすたるわ。

「――好きよ」

「え？」

「友人としてじゃなく、いえ友人としても好きだけど、そうじゃなくて、その、恋愛として好きというか……」

言いながら頬《ほお》がどんどん熱くなる。

女がすたるとか思いながら、どんだけ言い訳がましいのよ私。しっかりしなさいよ。

そっとリカルドの方を窺《うかが》うと、呆然としたような顔で私を見ている。

あれだけ前向きにアピールしたのに、私が彼を好きだとは全く思ってなかったのだろうか？

私がダメダメだったのかも知れないけれど、それにしたってリカルドもちょっとポンコツすぎやしないだろうか。少し切ない。

「……それ、は、恋人という形になっても良い、ということなのかな？」

「ええ、そうなれたら嬉しいと思っている。私ずっと頑張って告白しようと思ったのに、臆病だから言えなくて。さらにはプレゼントも水浸しになるし、何もかも上手くいかなくて。もうダメだと思ったの。でも、今言わなきゃ何のために頑張ってマフラー編んだのよって思ったら、スルッと言えたわ。不思議ね」

今日の自分の行動はずっと落第点だと思っていたけれど、最後の最後で告白できたことで、大満足だ。後悔はしていない。

「――私はラリサを、ずっと、ずうっと好きだったよ。今もラリサが大好きだ。こっちこそ関係を崩すのが怖くて言い出せなくてすまない。――ラリサ、改めて結婚を前提に付き合ってくれないか？」

「――肝心なところでヘマをやらかした女だけれど良い？」

「ヘマとも思わないし、ラリサならどんな部分も大好きだから」

「そう？　例えばどんな部分が好きなのかしら？」

「言わせたい？　多分何時間もかかるし、聞かない方が良いかも知れないよ」

「……そうね。おいおい、ということにしましょうか。でも本当に濡れたマフラーなんて風邪の元だわ。早く外して帰りましょう」

「そうだね。――でも忘れてることがあるよ」

リカルドは私を抱き寄せて素早くキスをした。

今起きたことがいきなりすぎて、「な、な、な」しか出てこなかった。

「もう私たちは恋人同士なんだから、クリスマスにキスぐらいしたって良いだろう？」

と囁《ささや》き、もう一度唇を重ねてきた。

——聖夜は小さい子供以外にもサンタは来るものなのね。

ショートしそうな頭の中で私はそんなことを考え、必死に心臓のドキドキがこれ以上激しくならないように、と願うばかりだった。

「あら上手《うま》くいったの？　おめでとうラリサ！　あなたのことだから、卒業まで何一つ変化がないだろうと内心ではほぼ諦めていたわ。嬉《うれ》しい誤算ね」

　冬休み終了の前日、学園寮に戻った私は、荷物を片づけるとアンジェリーナに報告に向かった。大事な相談もあるのだ。

　アンジェリーナは昨日から戻っていたようで、ダージリンティーを淹《い》れてもてなしてくれた。

「そうなのよ。それでまあ、あの、クリスマスにはキスもしたし、それから休みの間に何度かデートをしたのだけど……」

「……けど？」

「その……毎回会うとキスってするものなのかしら恋人同士って？　私心臓が持たないのだけど。あと、手の繋《つな》ぎ方が前に言っていた、指の間に指を絡めるような……」

「ああ恋人繋ぎ？」

「そうそれよ！　それになってしまって、デートの時には常にそれなの。本当に気恥ずかしいのだけれど、戻そうとすると嫌がるからそれはもういいの。でも一番の問題は、リカルドの目つきが今まで以上に凶悪化してしまったことなのよ！」

　アンジェリーナは首を捻《ひね》った。

「ラリサと無事両思いになったのに、何故《なぜ》リカルドの目つきが凶悪化するの？」

「ああごめんなさい、説明が足りなかったわね。私の周囲の男性を見る目が、ということよ。買い物をするためにお店の人と話す時や町中を歩いている時に、私を見る男は全部私を手に入れようとしてるとか、警戒しているって言えば良いのかしらね」

「なるほど……手に入れたものを守ろうとして前科が増えたような目つきになった、と」

「元から前科はないから。——以前は単なる過保護だと思っていたのだけれど、付き合うようになって感じたの。今までのアレも実は独占欲だったのでは？　と。……ねえ、ヤンデレにはならないわよね？　だって恋人になったんだものね？」

「そうは思うけれど……ただリカルドの人の見分け方って、ラリサとそれ以外って感じだから、デフォルトが闇属性なのよねえ」

　そんな私が不安になることを言わないで欲しい。

「で、でも私がリカルドを大切にしていたら、覚醒なんてしないわよね？」

「不安にさせなきゃ問題ないと思うけど……リカルドだからねえ」

「リカルドだからねえ、って何よ。怖いから脅かさないで」

　アンジェリーナは本気で怖がっている私を見て謝った。

「冗談よ冗談。まあ付き合い始めだからそんなものじゃないかしら？　ともかく今は両思いになったことを喜びましょう。乾杯」

ティーカップをカチ、と鳴らすと温《ぬる》くなったダージリンティーを一気に飲んで、お互いに恋人もできて良かった良かった、となったのだったが。


「おはようラリサ。今日もいい天気だね」

「おはようリカルド。……あのね、前から言おう言おうと思っていたんだけど、学校に行く時も恋人繋ぎなのはどうかと思うのよ私」

「——何か問題がある？」

「……だって恥ずかしいじゃない。あとマフラーも毎日身に着けてくれなくて良いのよ？　編み目も粗いし、不格好でしょう？」

「好きな人が編んでくれたものに不格好も何もないだろう？　温かいし。それにね、恋人繋ぎって言うのは、言葉に出さなくても付き合っているアピールができて便利なんだよ？」

「それはそうなのだけど、まだ慣れないというか照れ臭いのよ」

「じゃあこれが普通になるように毎日しないとね」

リカルドは前より格段に笑顔が増えた。当然私の前だけである。

普段離れたところから見ていると無愛想……というか鋭い感じは相変わらずだし、以前よりも険しい目つきになっている時もある。男性の友人に対しても私といる時間が増えてよりそっけない対応になっているようで少し心配になる。

友人たちはそんなリカルドには長い付き合いで慣れているのか、気にせず普通に話し掛けているけれど。元々見た目こそ無愛想だが優しいのは皆分かっているだろうし、自分がそこまで心配する必要もないかも知れない。

だがそんな感じで恋人アピールをしまくるので、リカルドと私が恋人同士になったということは、クラスメイトたちはおろか気がつけば生徒会のジェイ殿下やビリーにもバレていた。

「まあ卒業後に婚約云々《うんぬん》は以前に聞いていたけど、とうとう正式に付き合うことになったんだね。独り身には切ない話だけどおめでとうと言っておくよ」

相変わらず背中に太陽をしょっているような眩《まぶ》しいオーラのジェイ殿下にもからかわれ、ビリーにも、

「あー残念。俺がラリサといい仲になろうと思ってたのになあ。別れたらすぐ報告しろよ？　あと見せつけるなよ？」

と嘘《うそ》か本気か分からないような絡み方までされた。

冗談でもやめてもらえますか先輩。

リカルドが刺し違えても排除し兼ねないので、本気で怖い。小心者なんですから私。

アンジェリーナが、彼女たちとってもラブラブなのでそれはないと思いますわ、とフォローを入れ

てくれたが、まだリカルドのヤンデレ覚醒の可能性が完全に排除できたか分からないので、余計《よけい》な茶々は入れないで欲しいのよ本当に。

ただでさえ殿下のサポートということで生徒会の出入りは現在もリカルドに許してもらっているが、彼らと私が話すことも嫌がっているリカルドが、雑談とは言えこんな話をされていたと知ったら……と考えただけでぶるっと体が震える。

でも大変愛が重たく過保護ではあるが、私がリカルドを愛しているのは事実なので、嫉妬《しっと》されるのは内心嬉しくないこともない。限度を知ってくれれば良いとは思うけれども。

ただ、自分に重たい感情が注がれているだけならいいのだけど、周囲にその反動がいってしまうのはどうしても何とかしたい。

大体お店でレジを預かってるのが女性だけというわけではないし、扱う商品によっては男性店員の方が多いことだってあるのだ。私の大好きな本屋だって重たい本を棚入れしたり、在庫を運んできたりするから男性の方が多いのだし。

この間好きな作家の新刊が出たというので一緒に本屋に行ったが、

「あの男はラリサに邪《よこしま》な眼差《まなざ》しを向けていた」

だの、

「本を渡すていでラリサの手に触れていた」

だのと、まあ妄想も甚だしいことを真顔で言うので困ってしまった。

「あのねえリカルド。考えてみて？　私たちが手を繋いで仲良く店に入ってくれれば恋人同士に見えるでしょう？　わざわざお店で働いている人が、そんなカップルに対してトラブルを起こすわけないじゃないの。少しは冷静になってちょうだい」

「ちゃんと恋人同士に見えているのかな私たちは？　もう少しベタベタとくっついていた方が誤解されにくいいんじゃないかな？」

「そんなに引っ付いていたら、ろくに品物も見られないじゃないの。それにね、私は誰かにわざわざ見せびらかすようにイチャイチャするのは嫌なのよ。見せられる側だって迷惑でしょう？　それに……」

「──それに？」

「リカルドが周囲から恋愛脳のバカ男、みたいな感じで見られるのは許せないのよ。私はリカルドが好きで、リカルドも私が好き。それだけ分かっていたら良くないかしら？」

「そうか……そうだね」

彼は私が本当に嫌がらせたくないと思っているのは事実で、ちゃんと私の話を聞いて反省したりもしてくれるのだが、気がつけばまた思い込みが激しくなってしまう。

リカルドは前世のゲームの世界では攻略の難しい二周目ヤンデレキャラとして存在していただけあって、すぐに悪い方向に考えたり極端な方向に考えが流されやすい。

そりゃ大好きな人からそこまで思われて嬉しくないわけはないけれど、何の害意も悪意もない人に対しても敵意を剥《む》き出しにするのは、正直彼の健全な人間関係構築のためにはよろしくない。

彼に愛情を注ぐのは恋人となった今、そこまで難しくはない。病まないことが大切なのだし。

けれど、周囲にむやみに敵を作ろうとするのを阻止するのは大変なのよ。

だったらまずは安易に牙をむかないよう矯正するしかないじゃないの。

ただ愛情の注ぎすぎにも色々注意が必要であると実感する。

「ラリサと別れたら生きていける自信がない」

「悪いところがあったらすぐ直すから、遠慮せず言って欲しい」

という台詞《セリフ》が時々出てくるようになった。

ぶっちゃけ頭の良さも性格も財力も全部ひっくるめたら、スペック自体は見た目だけの私よりもリカルドの方が比較にならないほど高いのに、何故ヤンデレ脳の人は相手が替えの利かない最高級品であり、自分はそれ以下とか取るに足らない人間みたいなマイナス思考を持ってしまったりするのかしらね。

（……不安とか自信のなさが他者への警戒や敵意になるのかしらね。確かに私は顔は良いけど、それ以外は本当に大したことがない普通の人なんだけれど）

でもリカルドは、ありがたいことにそんな私でも大好きでいてくれるのである。

それならば、私が少しでも彼の不安を晴らして、愛されてる自信を持たせてあげなくてはならない。

その責任があると思っている。

……なかなかに長い戦いになりそうな気がするわ神様。

◇　◇　◇

ラリサと恋人同士になってから、毎日が幸せに溢《あふ》れている。

前に友人が「恋人がいると何でもない毎日が楽しい」などと嬉しそうに語っていたので、内心では楽しすぎて死ねばいいのにと思っていたが、実際にラリサが恋人になってくれた途端に、あいつは本当のことを言っていたと素直に思えるようになった。

たまにわざと転倒してラリサにパタパタとホコリを払ってもらって、ラリサの人生でパタパタした人ランキング一位を狙《ねら》う必要もなくなった（多分もう充分一位になっているのではないかと思うが）。

いやもちろんラリサのためなら苦ではなかったが、やはり意図的に防御をしない体勢で転ぶので、思わぬケガ……擦り傷や打ち身ができたり足を捻ってしまうこともある。これではラリサを守るナイトとしての役割に支障が出る危険性がある。

いくらラリサのパタパタした人一位の称号を得たいからと言っても、そのために万が一彼女に危険が迫っていた時、捻挫や転び損ねて骨折していたため守れませんでした、など洒落《しゃれ》にもならないことは避けたい。

何よりも最優先すべきは彼女の安全であり、どんな危機からも彼女を守れるよう、自身の鍛錬や健康状態の把握を日々怠らないことなのである。

……だが人間というのは欲張りな生き物である。

デートごとに手を繋ぎ、散策し、時にはキスをする。もちろん舌を絡めるような激しいものではなく、軽くだ。そんな激しいことをしたら、心の中で何重にも鍵を掛けている野獣のような感情のストッパーが外れてしまい、ラリサに何をしてしまうか分からない。

正直、毎回デートでキスに至ってしまうのは清い関係のカップルとしてはどうなんだろうと思わないでもないが、一度してしまったものは二度したい、三度したい。何と言ってもラリサは俺のオンリーワン、全てなのだ。

自分でもちょっと感情がいびつなのは自覚している。

学園や町中の全ての男、年配だろうがガキだろうがラリサに近づこうとする奴《やつ》は許しがたいが、生活している以上は誰とも接触しないで生きていけるわけがない。

心の中でそれは分かっているのだが、気がつけば俺以外の男が死滅してしまえばいいのにと考えている。もちろんラリサの家族は別だ。ラリサが悲しむのは見たくない。

独占欲が強いのか執着の気持ちが強いのか。自分でもよく分からない。

どちらにしても、ラリサへの気持ちが変わることが想像できない以上、この感情とも折り合いをつけて生きていかねばならない。

変にガードしすぎてラリサに束縛がひどいと嫌われては元も子もない。なかなかの苦行であるが、婚約、結婚というルートに無事到達するまでは何があっても耐えられる。

まあ最悪結婚さえしてしまえば、絶対に離婚はしないしさせるつもりもない。

何かと理由をつけてなるべく家から合法的に出さないような策を練ることだって可能だ。

俺の家の屋敷には利用してない倉庫がわりの地下室があるし、もし俺の束縛が鬱陶《うっとう》しくなってラリサが逃げ出したくなれば、あそこをラリサが快適に生活できるような部屋に改造して軟禁する方法もある。

ただそれは嫌われてしまった場合の最後の手段だ。自分だけが幸せを味わっていても意味がない。ラリサが楽しそうに暮らしているのが俺の何よりの幸せでもあるのだから。

まあこんな人格的に問題がある人間ではあるが、伊達《だて》に長いこと彼女のそばにいたわけではない。嫌われないような接し方はお手の物だ。

ラリサと死ぬまで相思相愛の関係が続いていれば何の問題もないのだから、これからも神経を細く広く張り巡らせていればいい。俺の人生はラリサと共にしか存在しないのだから。

◇　◇　◇

リカルドからは割と重ための愛を注がれつつも、私にも努力の成果が出てきた。

人前でも見苦しくない程度には、自然にリカルドに甘えたりもすることができたりするようになったのだ。

常に番犬のような鋭い眼差しを取りがちだったリカルドも、私が浮気をするような女ではないと信じてもらえていると思う。

何度か注意している間にガルガル期が収まったのか、比較的穏やかに月日は過ぎ春になった。

リカルドは三年、私は二年に上がった。

学園で一緒にいられるのもあと一年。

まだリカルドが卒業後どのように変化するのかは未知数だが、彼が卒業してからも、少し離れている時間があっても、彼が安心していられるように、この残り一年で仲を深めていければ問題ないと思っていた。

——だが、私はもっと深く考えなければならなかった。

私やアンジェリーナがゲームの展開とは全く違う方向に進んでいるのだから、自分たちが予想できないような展開だっていくらでも起こりえるということに。


「なあなあ見たかよ？　一年生にすげえ美人が一人いるぞ。可愛《かわい》い子もそこそこいる」

「マジかよ？　年下っていいよなあ。何か保護欲が満たされる気がしていいよなあー♪」

ある日いつものようにリカルドと食堂で昼食を食べていたら、私のクラスメイトの男子が騒いでいる声が聞こえてきた。

春になると、新入生の誰それが可愛いとか格好いいだのと噂《うわさ》になるのは、在校生の恒例行事みたいなものだ。

まあ噂される方だって好感を持たれるのは嫌ではなかろうが、見た目のことばかり言われて迷惑もしてる人もいるだろうし、相手にだって選ぶ権利もある。

現在の自分が美人として生まれていたから言えることなのかも知れない。

性格や努力したことがおざなりに扱われる気がして、見た目のことだけ褒められても当事者の一人としては、あまり嬉しくはないのよねえ。

前世では考えたことすらないが、「そんな言葉は聞き飽きた」のである。

まさに中二病全開の考えよねえ。でも経験者としての重みがあるのよ。

……ただ年を取ったらそんなことも言われなくなるだろうし、一時的なこととしてありがたく思った方がいいのかしらね？

慣れない言葉すぎて、以前はもしや他に褒めるとこないの？　と落ち込んだこともある。

今は贅沢《ぜいたく》な悩みかと吹っ切れたけども。

前世では考えたことすらなかったけれど、美人は美人であることの悩みはあるのよね。一長一短と言う言葉をふっと思い出した。

……リカルドは私の顔が醜くなったら、嫌いになってしまうのだろうか。

それは、ヤンデレ男と手を切れてむしろラッキーじゃないの、と以前の私なら思っていたかも知れないが、今は別れるなど考えたくもない。自分勝手な人間である。

「――ねえラリサ、ブロッコリーは嫌いだったよね？」

「え？　そうね。でもそんなに得意じゃないけれど食べられるわ」

「ほら、遠慮しないで」

リカルドが笑顔で自分のフォークを使い、私のブロッコリーを自分のお皿に移していく。確かリカルドの方がブロッコリーは嫌いなはずだけど。

恋人になってから、昼食はよほどお互いの都合が合わない以外はリカルドと一緒である。たまには数少ない、というか一人しかいない友人アンジェリーナとだって食べたいと伝えたのだが、却下されてしまった。

「――私は学年も違うし、女子寮にも入れない。お互いの部屋で仲良くお喋《しゃべ》りだってできないんだよ？　せめて昼食ぐらいはと一緒に望むのはダメなのかな……」

などと悲しそうな顔をされると、受け入れてしまう私も弱い。まあアンジェリーナだってグウェインと一緒に食べることが多くなっているし、「寮で話もできるからリカルド優先にしなさい」と全く気にしていない。

週末は必ずデートしているし送り迎えも継続しているのに、それでも一緒に昼食を食べたいと思ってくれることを素直に嬉しく感じてしまう。

どちらにせよ、ここで冷たく突っぱねるという選択肢はないのだ。もちろんリカルドを好きだということもあるのだが、アンジェリーナにも、

「ヤンデレってともかく盲目的に大きな愛情を注ぐじゃない？　だから相手からも過剰に思えるほどの愛を注がれて、ようやく人並みに実感できるんだと思うの。まあ実際は人によって度合いは違うのだろうけど。誰だって好きでいて欲しいし、その気持ちが釣り合わなければ病むことだってあるでしょう？　だから彼の愛情の受け皿の底には穴が開いている可能性、またはとんでもなく大きい受け皿かも知れないってことを忘れないようにした方が良いわ」

と強く言われている。リカルドを覚醒させてしまうことは、今後の私の不幸な未来にも通じるので他人事《ひとごと》ではない。

「ねえリカルド、今年の一年生に可愛い子が多いんですって」

黙々と無表情でブロッコリーをフォークに突き刺しては口に運んでいたリカルドに話し掛けると、

「へえ」とどうでも良い感じで流された。

「男子は気になるものじゃないの？」

「私はラリサ以外はどうでもいいから。——もしかして、焼きもち？」

頬《ほお》を少し赤らめてリカルドが、私を見て蕩《とろ》けそうな笑顔を見せた。

うんにゃ。うんにゃ。単に雑談の延長で聞いてみただけだってば。でもそんなことを言えば、リカ

ルドが落ち込むのは間違いない。

「さあどうかしらね。そうだとしても内緒よ」

思わせぶりに微笑《ほほえ》むと、リカルドは嬉しそうにコクコク頷《うなず》く。ここまではごく普通のカップルなのだが、彼の場合、

「でも安心して欲しい。私は本当にラリサだけを愛しているからね。もしラリサが他の男性を好きになったらいっそ殺して欲しい。生きてる意味がないからね」

と続いたりするので気が気じゃない。これが闇属性持ちなのね。

愛してるなら私に人殺しの汚名を着せないで欲しいわ。

まあ私がリカルド以外に心を動かされることはないので、そこは問題ないのだけど。

そんな私の心の中は別として、穏やかな恋人関係が続いていたある日。

リカルドが先日、一年の女子から告白されたという話が耳に入った。

アンジェリーナが私の部屋に遊びにきた時に、少し言いにくそうに教えてくれた。

彼女がグウェインと放課後、校舎の裏庭で植物の観察日記をつけつつ、ついでにほんの少しイチャイチャしていたところ、リカルドとその一年の女子がやってきたそうだ。自分たちは木陰にいたので、自分たちがいることに気づいてなかったようだと言う。

彼は顔立ちも整っているし、無愛想で目つきこそ悪いけれど、礼儀に欠けるような行動はしない。

物腰も柔らかいし話し方だって乱暴ではない。そりゃ好感を持つ女性だっているだろう。

　私だけが好きだ愛していると言ってくれるが、人の感情は変わることもある。臆病な私はそういう不安が常に片隅にある。

「アンジェリーナ……その、一年の子の告白って……」

「ああ。秒で振ってたわ。『結婚前提の愛し合っている恋人がいる』って。迎えに行く時間だからこれで失礼する、って帰ったわ。ものの一、二分の出来事よ。まあラリサしか見えてない男だから、その辺は心配してなかったんだけれど……」

「けれど？」

「その一年の子、黒髪サラサラロングのかなり美人な子だったんだけど、何かこう……リカルドと同じ闇を感じるのよね」

「——どういう意味？」

　お茶をゆっくりと飲みながら、アンジェリーナは少し沈黙した。

「……つまりね、メンヘラ気質と言うか、リカルドの闇とは違う感じね。自分の意思が最優先なんだから関係ないって感じと言えばいいかしらね。ともかく断られて泣くでもなかったし、やる気に満ちているって感じで、全く諦める気配が見えなかったのよね」

「……でもそんな子、ゲームにはいなかったわよ？」

「私だって知らないわ。——ただ、こういう可能性は考えられない？　リカルドがヤンデレにならないから、別の闇の深い人物が修正すべく後押しに出てきたとか。ああいうのに付きまとわれると厄介《やっかい》よ。リカルドのメンタルはラリサ絡むと激弱だから心配だわ」

「まさか！　今の世界は現実なのよ？　いくらゲームと限りなく似た世界だからって、あの世界の強制力でリカルドがヤンデレ化するのが正しい道だなんてあるはずないじゃないの」

「私にだってそれは分からないわ。でもねラリサ、ヤンデレもたちが悪いけど、メンヘラもかなりヤバいのよ？　目的のためには手段を選ばないし、結果誰が傷つこうがどうでも良いの。自分と好きな相手しか見えないから。前世でそういう子が会社にいたわ。恋人のいる男に付きまとって、散々彼女に嫌がらせしてね」

「……その人たちどうなったの？」

「彼女が手首切ってね。彼が発見したのが早くて助かったんだけど、もう彼の近くにいたくない、あの女が来るって半狂乱になって、どうにもならなくて彼氏が別れを切り出したの。そのメンヘラな子は迷惑行為が原因で退職させられて、親に実家に連れ戻されたんだけど、すぐ家出をして彼にまた付きまとい。それでその彼も鬱病になって仕事辞める羽目になったわ。その後のことは知らないけれど、まあどう考えても幸せではないわよね。これは忠告なんだけど、会話ができない、まっとうな話し合いができない手合いの人間というのは世の中にはごまんといるのよ。思考回路が理解できないタイプと言うのかしら。意思疎通ができる気がしないのよ本当に。ラリサはお人好しで騙《だま》されやすそうだから、これだけは忘れないで」

「――分かったわ」

私のことよりも、優しいリカルドの心を病ませるような女だったら許せない。

万が一リカルドに何かしようとしたら、私が守るわ。

少し調べてみたところ、彼女はフローラ・ダイナスティーという子爵令嬢だそうだ。名前を聞いてもやはり記憶にはない。まあゲームの登場人物しかこの世にいないわけではないので、彼女もまたイレギュラーな人物なのだろう。

リカルドのヤンデレ覚醒を防ぐのと、メンヘラ女子からリカルドを守ること。

また新たな役割が追加されたのね。

(何だか私、どんどんやらなきゃならないことが増えてくるわ……特殊な能力なんて何もない普通の人なのに……)

ため息がこぼれそうになったが、できようができまいが何とかしなくてはならないのよ。

……どうでも良いけど、私のめっちゃ美人ってスキル、現時点で何の役にも立ちゃしないじゃないの。面倒事が増えるばかりだわ。どういうことよ。

私の平穏どこなのよー。

だが、内心びくびくだった私としては、驚くほど何もないまま一週間が過ぎた。

本当に全く変化がなくて肩透かしなほどだ。

（……もしかしてアンジェリーナの考えすぎだったのかしら？）

今では大親友、すっかり頼り切りになっているアンジェリーナではあるが、彼女だってもちろん万能ではない。前世はどうあれ現在はティーンエイジャーなのだ。私も今では前世の記憶が存在はしているが、行動も考え方も今まで育ってきた現在の環境に影響を受けていることは多々あるのだし、前世自体が遠い彼方の出来事みたいな気持ちになる時もある。

ただゲームの細かい内容も忘れ切ってしまう前に、できる限りのことはしなくては。

あれから注意深く見ているが、特にリカルドの様子も変わりはなく、いつも通りである。

私と一緒の時には喉を鳴らしている猫のようにご機嫌だし、私のナイト……というか番犬のようにガルガルと周囲に目を光らせながら、学園の登下校も常に一緒だ。

……まあ何もないならそれに越したことはないのだけれど。

私もずっと警戒したままでは精神的に辛《つら》いもの。

「ねえラリサ、最近考えごとが多いみたいだけど、何か気になることでも？」

学園からの帰り道、リカルドが心配そうな顔で私の顔を覗《のぞ》き込んだ。

「ああ、いえそんなことはないのよ。春って気候が良いからかしらね、ぼんやりすることが多くて。嫌ねえ私ったら」

「そう？　まあ確かに暑くも寒くもなくて良いよね。私は春と秋が一番好きだ」

「私もよ。――あ、でも冬も好きだわ。寒くてもリカルドにくっついて暖が取れるし、雪はキラキラと幻想的で素敵だものね」

「……あのねラリサ、冬でなくても、いつでも私で暖を取ってくれて良いんだよ？　涼しいのが良ければ水浴びして冷やしてくるし。あ、何なら少しだけ待っててくれたら井戸水浴びて戻って冷え冷えの状態にもできるけど」

見ると、リカルドの耳が少し赤い。この人は本当に私を好きでいてくれるんだなあ、と思うと心が温かくなる。前世も今も、ここまで私を大切にしてくれる人はいなかったし、大切にしたいと思った人もいない。

……まあヤンデレへのマイナーチェンジだけは勘弁して欲しいけれど、現時点の穏やかな様子から見るともう杞憂《きゆう》かも知れない、とも思える。

私はここ何日も精神的にピリピリしていたので、つい甘えたくなって胸元に顔を寄せきゅうっと抱きついた。

「ラ、ラリサ！　待っていきなりはっ」

「……あ、ごめんなさい。これから気をつけるわ」

人間、つい勢いでやらかしてしまうことがある。

ただリカルドの心臓の鼓動が物凄《ものすご》いビートを刻んでいたので、このまま抱きついていたら死ぬのでは、という恐怖感の方が先に立ってしまい、さささっと身を引いた。彼の私への愛情をまだ舐《な》めていたのかも知れない。

「ごめん、謝らなきゃいけないのは私の方だ。心構えがないうちにラリサと密着する面積が増えると、情けない話だけどドキドキしちゃって。精神的にも色々と大変で――」

「……大変？」

「いや、ラリサは気にしないで。この先結婚したら分かるものだし、これも愛ゆえにだから」

「？　そんなものなの？」

まだ恋愛上手になるには圧倒的に情報が不足しているのよね私は。

でも好きな人から好かれるのは本当に嬉《うれ》しいのだけれど、足に鎖つけて監禁したくはならないぐらいの適度な愛で良いのよリカルド。愛情を表に出しすぎても闇が深まりそうだし、ほどほどにするとヤンデレ大魔王が爆誕しそうだし、恋愛初心者にはエクストリームモードな恋人である。

しかし、噂《うわさ》のフローラという一年生に、私自身はまだ会ったことがない。二年生が何の用もなく一年のエリアに行くのも不審に思われるだろうし、何しろ私は自分で言うのも恥ずかしいが、隠密行動には向かない、かなり目立つ美人なのである。良くも悪くも景色に埋没できないのだ。

正直どこに行っても目立つし、男子生徒からラブレターを渡されたことも一度や二度ではない。最近はリカルドと婚約前提で付き合っていることを認めているのと、ほぼフリータイムはそばにいるリカルドの凶悪犯のような眼差《まなざ》しが防波堤となり、煩わしいことは減っているがゼロではない。

ただ本当に私が絡むと、たとえ話ではなく彼はいつ凶悪犯になってもおかしくないので、彼がいない時を見計らって手紙を渡そうとしたり、告白しようと無謀な挑戦をする男子には心からやめて欲しいとしか言えない。いのちだいじに、である。

だが出会う日というのは唐突にやってくるものらしい。

私が教員室の先生のところに配布用の資料を受け取りに来た時のこと。

「……フローラ、あなたはもう少し、クラスメイトと仲良くする努力をなさいな。最低限の付き合いもできないと今後の社交に差し障るわよ？」

と説教するような先生の声が背後から聞こえ、フローラ？　と思わずそちらを見ると、リカルドのようなサラサラした黒髪の色白美少女が立っていた。目も切れ長で、瞳《ひとみ》が青くなければ日本美人のようである。

どうやら担任の先生に呼び出され、日頃の無愛想を叱られているらしい。

「入学する前までずっと病気療養しておりましたので、人との距離感がまだ上手《うま》く掴《つか》めず……申しわけありません先生」

「そうだったの……いいえ、私も少し言いすぎたわね。でもフローラと仲良くしたいという子たちは大勢いるのだから、せめて挨拶《あいさつ》を返すぐらいはね」

「分かりました。頑張ります」

頭を下げて私の近くを通ったフローラは、私の顔を見て少し驚いた顔をしたが、何故《なぜ》か笑みを浮かべて会釈すると、そのまま教員室を出ていった。

（……きっと私がリカルドの恋人だって知ってるわよねえ、あの顔は）

だが、予想していたほどのトゲは感じなかった。

と言うよりむしろ好意的にも感じられたのが不思議だが、もしかするとこれから排除する対象をどう処理するかを楽しく考えていただけの可能性もある。やだ怖い。

もちろん、あの子がリカルドを好きなのは自由だ。

リカルドが誰を好きになるのも自由だ。

——だけど、リカルドが彼女を好きになってしまうのならば諦めもするが、現在進行形で私はれっきとした相思相愛の恋人同士なのだから、あの子が私たちを別れさせようとしても、石にしがみついてでも抵抗してやるわ。

私の大事なリカルドに何かしたら絶対に許さない。

しかし、フローラへの具体的な対策といっても、相手の出方を見ないと何もできないのだが、リカルドへのアタックが再度起きるわけでもなければ、私に何か嫌がらせをしてくるわけでもない。彼女の動きが読めないのだ。

「困るのよねえ……水面下で何か画策されても私は鈍くて読み取れないだろうし」

「本当に、一体どうしたいのかしらね」

アンジェリーナと一緒に私の部屋でお茶を飲みつつ愚痴をこぼすが、彼女もただ不思議そうに首を捻《ひね》るばかりだった。

「うーん。私の見当違いだったのかしら。あれは絶対危険だと思ったのだけど……ここまで動きがないとなると、ちょっと自信がなくなってくるかも」

「教員室で私を見て、笑顔でお辞儀をした時は常識人に見えたわ。けれど心の中ではどす黒い感情が渦巻いていても、顔や態度に出ないタイプもいるじゃない？」

「ああ、いわゆる外面がいい的な？」

私は頷《うなず》いた。

「そう。前世での私もまあそこそこ暗いというか、仕事以外は家が最高、腹が立ったりしんどいことあってもゲームで発散、って感じの人間だったから思うのだけど、怒りを持続したり放出したりするのって、かなり気力と体力がいるのよ。誰かを傷つけたりするのも、大概の人間はストッパーが掛かるものでしょう？　倫理観とか道徳観念とか、まあ色んな要素があるし。空気が悪くなるとか外的要因もあるし」

「時間の無駄だしね。いじめだって耐え切れず反抗すると自分が加害者になって、被害者だったと言う事実はないも同然になるし、理不尽なことは多いわ。――まあ私は大抵の恨みつらみは眠ったら忘れられるけれど、そんなに頑丈なメンタルの人ばかりでもないわよね」

「切り替えの早さが羨ましいわ。――でまあ、フローラも心の中ではリカルドに振られた怒りとか、恋人の私への恨みなんかがあるかも知れないけど、ずっと恨み続けられるのかどうかって話なのよ。私が現実にフローラをいじめたりもしてないし、するつもりもないもの。リカルドだって、既に彼女からの告白も忘れているかも知れないし」

　特にリカルドからこんなことがあったという報告もない。

「あれは忘れているというより、全く覚えるつもりがないのよ。ラリサしか見てないもの。しかし、リカルドも何でそこまでラリサに執着してたり、愛が重たいのかしらねえ……。独占欲が強いのかしら。ラリサ、何か理由に心当たりでもないの？」

「それが全く。……私の見た目？」

　アンジェリーナは一瞬真顔になって、ケラケラと笑い出した。

「前から思ってたけどラリサって、美人っていうのを手先が器用とか料理が得意みたいな特性の一つみたいな感じで言うのよね。普通の女が『私見た目が綺麗《きれい》だから』とか言ったら、自惚《うぬぼ》れの強いバカ女としか思えないけど、ラリサが言っても全くそんな感情が湧かないわ」

「だって鏡見てると、私ってつくづく美人だなーとは思うけど、親からのＤＮＡじゃない？　別に自分で努力して手に入れたものでもないし。期間限定品だから、チヤホヤされるのも良くて二十代まででしょう？」

「確かにそれはそうなんだけどね。私も前世は普通に化粧映えするけどスッピンだと眉毛が薄くて中の中程度の女だったから、今アンジェリーナに生まれて嬉しいなとは思うけど、グウェインを落とすための武器が一つ増えたってだけだし。……もっとモブ顔だったとしても、グウェインを諦めはしなかっただろうし。顔がいくら良かろうと、最終的には中身を好きになってもらうしか長続きもしないものね」

「私は中身は今も小心者だし、料理やお菓子も発展途上だし、今のところ顔ぐらいしかメリットないわね。リカルドも今後困らないと良いけれど」

「まあ使用人のいる貴族の奥様が頻繁に自ら料理する必要もお菓子作る必要もないから、できなくたって大丈夫よ。たまにやるぐらいの方がリカルドもありがたみがあって嬉しいんじゃないかしら？小心者なのも警戒できるってことだし悪いことじゃないわ。多分リカルドもそんなこと求めないでしょうし、基本的にラリサの性格的なところが好きなんだと思うわ」

「そうだと良いけれど」

　アンジェリーナは微笑《ほほえ》んだ。

「私もあなたの一生懸命なところと、どこかボケたところと、相手の立場になって考えられる思いやりを持った性格がとても好きよ。これから長い付き合いをしたいと思えるほどには」

私も笑みを返す。

「アンジェリーナとは私も長いお付き合いがしたいと思ってるわ。あなたの冷静な判断力と大らかさと面倒見の良いところ、見習わないといけないと思ってるの」

「良かったわねえお互い相思相愛で。これからもよろしく！　……ただあなたはどこか警戒心が強い割にお人好しで人をすぐ信用するから、そのフローラにも注意は怠らないようにね」

「心配性ねえ。ふふふっ、分かったわ」

第十章　文化祭

時間が経《た》つのは早い。

むしばむような暑さが日に日に増えて、気づけば文化祭の準備が始まっていた。

最終学年ということもあり、今年はリカルドたちの学年はかなり盛り上がっているようだ。

私は学校帰りにふとそれを思い出して、リカルドに尋ねる。

「リカルド、そう言えば今年はリカルドのクラスは何をやるの？」

「ん？　ええと……ホラーハウスらしいよ」

「らしいよ、って……自分のクラスでしょう？　じゃあリカルドは何を？」

「私は大道具作るのと……ドラキュラ伯爵を押し付けられたよ」

「ええっ？」

私は一気に心拍数が跳ね上がった。吸血鬼とか狼《おおかみ》男とか、前世ではファンタジーマンガや小説では人気のあるキャラクターだった。私も大好きだった。何故《なぜ》なら、そういうキャラクターは大抵憂いのある美少年、美青年なのだから目の保養だ。到底抗《あらが》えるはずもない。

「まあ！　ドラキュラ伯爵なんて演劇でも演じられる主役級のいい役じゃないの。黒いマントとか格好いいわよね、すごいわ！　……でも何でそんなに元気がないの？　最後の文化祭だからね、って

ジェイ殿下たちが張り切って予算を大盤振る舞いしたって聞いていたけれど

「――うん。衣装とか暗幕とかもとても良いのが揃《そろ》えられたとクラスの連中が喜んでいたね。でも私はあまり興味がないし、むしろ困っているんだ」

「困っている？」

「うん。去年までは裏方だったから文化祭の前だけ大変で、あとはせいぜい当日の受付が少しあるぐらいで済んでいただろう？」

「――え？　言われてみればそうだったわね。展示物とかだったり」

「だから文化祭ではラリサと一緒に回る時間だって長く取れたのに、今回はドラキュラ伯爵なんてのをクジで引いてしまったから、お客さんを驚かさないとならないだろう？　拘束時間が長いんだよ。ラリサとお昼を食べるのがせいぜいじゃないかな」

「まあ……」

確かにそれは残念だが、普段は平日も行き帰りはもちろんのこと、休みの日も長時間一緒にいることが多いのだし、そこまで残念ではないような気がする。

……それよりもリカルドのドラキュラ伯爵を見られる方がレアじゃないかしら。ただでさえ色白で怜悧《れいり》な美形なのだし、イメージぴったりだもの。

こちらでもドラキュラ伯爵の物語は存在する。

実際ホラーではあるのだが、小説や舞台では、血を吸わないと生きていけない異形の者と、人間の女性との恋愛ものになっていることが多いので人気が高い。

　特にドラキュラ伯爵は紳士然としていて野蛮さがなく、気品のある男性と描写されることが多い。なのに十字架や太陽の光に弱いとか、どこか完全無欠じゃない儚《はかな》い部分が良いのかも知れないわ。悲恋が多いのは少々残念だけど。

　リカルドがそんな衣装を着たらもう本物より本物、身震いするほど完成度の高いドラキュラ伯爵のコスプレの出来上がりよ。……いや、本物なんていないだろうけれど。

「だからね、何とか理由をつけて何とか断れないかと――」

「ダメよ！　私は見たいわ！　リカルドのドラキュラ伯爵！」

「……え？」

「とっても似合うと思うの！　すっごく格好いいと思うわリカルドなら。何があろうと絶対見に行くからお願い、断らないで！」

「え？　格好いい？　……本当に見たいの？」

「私の目を見てちょうだい。これが嘘《うそ》を言っているような目に見える？」

　私と顔を合わせたリカルドは、少し頬《ほお》を赤らめて目を逸《そ》らした。

「ああ……本気みたいだね。ラリサがドラキュラ伯爵が好きだったなんて知らなかったよ」

「あら違うわ。ドラキュラ伯爵は確かに好きだけど、あなたがやるから見たいのよリカルド」

　自分の恋人がたまたま素晴らしくイケメンで、前世でも好みのキャラであったドラキュラ伯爵を演じるなんて奇跡は滅多にあるものじゃないわ。卒業したら仮装する機会はまずないもの。

そりゃ貴族で仮装パーティーとかはあるかも知れないけれど、まずパーティー自体にほぼ参加しない陰キャな私には、自分も仮装しなければならないシチュエーションなんて恥ずかしくて無理だし、リカルドも基本パーティーは必要最低限しか出ない。

　となると最初で最後の機会かも知れないわよね。

「……へえ、そうなんだ。それなら他の奴《やつ》にやらせるわけにはいかないよね」

「もちろんよ。リカルドの癖のない黒髪と黒いマント……あ、裏生地は赤よねもちろん？　なんてベストマッチな組み合わせなのかしら！　今年は私のクラスは服飾の歴史展で展示物だけだから、私の方は当番以外は結構時間あるのよ。本当に絶対に行くから！　ああ今からとても楽しみだわあ～♪」

「ラリサが楽しみにしてるなら……恥ずかしいけど頑張るよ。一緒に過ごす時間が減るのはとても残念だけど」

　覚悟を決めたようなリカルドの言葉に私は首を捻《ひね》る。

「普段も一緒のことが多いし、このまま婚約して結婚したら、同じ家で何十年と一緒じゃないの。今は適度に自由な時間があった方がお互いに息抜きもできるんじゃない？」

　普通のカップルなら束縛がきついとケンカになるかも知れないが、彼は覚醒こそしていないもののベースがヤンデレ体質である。

　そんなリカルドを徐々に普通寄りの価値観にするべく、様々なアプローチをしているのだが、なかなか思うようにはいかないのよねえ。

「何をバカなことを。恋人のラリサと奥さんのラリサとは別だし、しかも学生のラリサは今しか見られないんだよ？　初めて聞いたドラキュラ伯爵の話だってそうだよ。毎日毎日が新しいラリサと出会える素晴らしい瞬間だろう？」

リカルドの人となりを知っている私でもたまにドン引きする。

こういうことを本人の前で真顔で言ってのけるところに、何というか、ヤンデレのＤＮＡみたいなものを感じるのよね。覚醒しないで本当に良かった。

……第一そんなに良いものみたいに言われてもプレッシャーだわ。新しい引き出しなんてないのよ私。凡人だもの中身は。非凡な見た目だっていずれは経年劣化しちゃうし。私だって不安なんだから。非凡な見た目と言える自分も大概だとは思うけれど。

けれど、私にだって良いところがあるから彼も好きでいてくれたのだろう。外見だけを見て欲しくないと思いつつも、自己評価の低さが外見に頼りたくなってしまう自分もいる。

彼を好きだからこそ私も外見という武器を完全には手放せない。本当に自分勝手で呆《あき》れる。

まあリカルドは性格的にヤンデレ体質がある人だから、好きになったら一途《いちず》で全力って感じなのは分かっているし、私がそんなことをくよくよ悩んでいるなど思いもしないのだろう。

それに私はリカルドのことを愛しているから、束縛気質だったり病的にも思える過剰な愛情表現も何とか受け止められるが、ごく普通の女性には精神的な負荷が強いだろう。

リカルドが陽キャとは言わないまでも、ごく普通の考え方をするタイプの人ならば、頭も良くて優しくてイケメンなのだし、片目であろうがきっとモテモテじゃないかと思うのだけど、ある意味神様は全てに突出しすぎないよう公平にしているのかも知れない。

だけど、片目が不自由なのはそこまでコンプレックスを抱える必要があるのだろうか。

前世の話ではあるが、当時の人気のある映画やマンガの影響で、動画サイトで海賊のコスプレをするレイヤーは常に一定数はいたので、個人的にはアイパッチってファッション的な感覚だった。だから別に見ても不気味とも怖いとも思わないんだけど、こちらの世界ではそもそもそういう文化がないから、ちょっと他とは違う部分があると忌避反応を持つ人もいるのかも知れない。

結局一番話す際に見てしまうのは顔だから、余計に気になってしまうのかしら？

一般的でないことに対する恐怖心とか警戒心みたいなものは理解できるけど、リカルドが傷ついた理由でもあるから腹立たしい気持ちにもなる。

ま、今となってはライバルが少なくて助かるけど。貴族令嬢は結構性格のキツい勝気な人も多いので、親衛隊とかいて囲まれたりしたら勝てる気はしない。

「……リカルドの気持ちは嬉《うれ》しいわ。だったらドラキュラ伯爵の衣装を着ているリカルドに、惚《ほ》れ惚《ぼ》れする私を見られるのもかなりレアなシーンじゃない？」

「惚れ惚れ……そうだね。確かに滅多に見られないよね。私も少し本を読んで研究してみるよ」

かなり前向きになったようで良かったわ。私は胸を撫《な》で下ろす。

……そう言えば、ジェイ殿下は同じクラスよね。何をやるのかしら？

こちらにもあるホラー系の存在で知っているのって狼男とか魔女、死神とかミイラぐらいかしら？ああ蘇《よみがえ》った死者なんてのもいたわね。

ジェイ殿下もイケメンだし、王族がそんな遊びをすることもそうそうないだろうし、何だか今年は楽しみだわ。

◇　◇　◇

ラリサと文化祭の話になった時に、クラスでホラーハウスをやることと、自分がドラキュラ伯爵の衣装を着ることを伝えたのだが、ラリサが思った以上に喜んでいたことに驚いた。

ドラキュラ伯爵は小説や舞台などで見たりして、キャラクターとしてとても好きなのだそうだ。これは初めて聞いた。

最初は長時間拘束されるなんて、彼女と一緒にいる時間が減るしまっぴらだから楽な裏方を……と思って誰か代わってくれないかと思っていたのだが、頼んだクラスの友人全員から却下された。

「お前は去年もラリサと過ごしたいがために、率先して楽な仕事ばかりしやがっただろうが？　いつまでも幸せな奴に俺らが優しくする義理はない。最後の年ぐらいはまともに働け」

そう言われては断り切れなかったのだ。実際全部事実だったから。

しかし実際ラリサがドラキュラ伯爵が好きだったと知ったら、この役を引き受けたのは運命かも知れないとまで思えて、断られた友人に感謝の念を覚えたぐらいだ。

図書室で伝記やドラキュラ伯爵に関する本を借りて隅々まで読んだ。ラリサが好きだと言うのだから、できる限りイメージ作りはベストに持っていかねばなるまい。

子供の頃に目を通したことはあったが、ドラキュラ伯爵を題材にした小説も結構出版されていた。恋愛が絡んだものもラリサが言った通り多いようだ。思った以上に多くの人に愛されているキャラクターなのかも知れない。

ただいくつも小説を読んだが、悲恋で終わることが多く、だんだんと心が沈んでくる。

昼間は太陽の光で灰になってしまうため夜しか活動ができない、ニンニクや十字架で弱体化する、夜のパーティーなどで出会った恋人とも正体が知られて別れることになるか、彼女を守るため朝日を受けて灰になる。自分を受け入れてくれて血を吸った女性も、昼間活動できなくなるので行動に制限が掛かる。愛する人に辛《つら》さを強《し》いる葛藤なんかも描写されていて、軽くパラパラ読むだけのつもりが思った以上に熱心に読み終えてしまった。

（種族の違いか……愛しても報われることがないのは辛いな……）

俺も愛情が欲しいのはラリサだけなので、ラリサ以外の愛情など求めはしないが、俺が本当にドラキュラ伯爵だった場合、いくら愛していてもラリサを吸血鬼にしてしまえるだろうか？

……確かにその場合、必然的に昼間外にも出られないし、一緒の生活ペースなので幸せかも知れない。でも生活スタイルが違うので、せいぜい夜パーティーに出たり、家族や友人も夕食に招くぐらいしか会えなくもなるだろう。ラリサは両親とも使用人とも仲良しだ。大切な友人だっているのだ。

俺が彼女の幸せを曇らせる原因になっても、それでも血を吸うだろうか。

(できないな……ラリサが悲しんだり泣く姿を見るのは一番嫌だ)

そうは思うが、一方で本当にそうなのか？　と自問自答する。

お前が幸せでいたいという欲望のまま、絶対にラリサの血を吸わないと本当に言い切れるのか？

ラリサが他の普通に昼間生きられる男と結婚して、穏やかで幸せな家庭を築いても耐えられるのか？

……耐えられる自信はハッキリ言ってない。

「――その時は死ねばいいのか」

ぽつり、と独り言が洩《も》れ、それに気づいて思わず苦笑してしまう。

空想の生き物に自分を重ねてどうするバカバカしい。自分は今は幸せなのだ。

俺はすぐ悪い方悪い方に考えるクセがどうしても抜けないな。

今はラリサが好きなドラキュラ伯爵をきちんと演じなければ。

◇　◇　◇

文化祭は思った以上に人出があった。

よく晴れた穏やかな天気のせいもあるのだろうが、一番の原因は今まで家族と家で働く人間などいわゆる「身内」しか入れなかったのだが、せっかく時間を掛けて頑張って出し物を用意しているのだから、もっと多くの人に見てもらう方が良いのではないか、と生徒の親から要望があったとかで、今年から学校の違う生徒の友人などもチケットを持っていればＯＫになったためだ。

普段あまり部外者を入れないアンディーブ学園に入れるとあって、両親からはツテを頼ってチケットが欲しいと言ってくる遠縁の親族もいたと聞いている。普段付き合いもほとんどなかったので断ったらしいが。

私は午前の当番を終えてから両親とメイドのチェルシーを出迎え、一通り案内したのだが、去年のメイドのように特に私の可愛《かわい》い姿を見られるわけでもないことと、今回の人混みの多さに両親がぐったりしてしまい、早々に三人とも引き揚げてしまった。

しかも一緒に回ろうと思っていたアンジェリーナも、クラスの方に迎えに行くと私を認めて近寄っては来たが、ぐったりした様子である。

「うちは去年のラリサのクラスみたいに軽食の店を出すことになったのだけど、お客さんが考えていた以上に多くて大忙しよ。グウェインの方も、野生の虫や植物の展示会が予想以上に好評みたいで、一番詳しいのは彼だからなかなか離れられないんですって。休み時間も合わなくて悲しいやら体力は奪われるやら……と言うかちゃんと休めるのかしら私たち」

「まあこの人出だものねえ」

「ちょっとお客さんが空く時間の予想がつかないから、申しわけないけど他の人と回ってくれる？　待たせたりするのも嫌だし」

「ええ。私のことは気にしないで。適当に回るから」

忙しい彼女の時間を取るのも申しわけなくて、慌てて廊下に出て離れる。

（さてと……どうしようかしらね）

クラスで気軽に話せる友人は数人いるのだが、やはりアンジェリーナのように気兼ねなく話せる感じではない。お洒落《しゃれ》や噂《うわさ》話に全く興味がないわけではないけれど、そればかりだと飽きてしまうし、ある程度の位のある貴族特有の見下げる感じと言うか、人の悪口がよく出てくるのも楽しくはない。

（――一人で回るのが無難ね。別にぼっちは苦でもないし）

私はそう決めると、まずは楽しみにしていたリカルドのクラスへ向かうことにした。

「ねえねえ君名前は？　この学園の生徒だよね？　何年生？」

リカルドはどんなドラキュラ伯爵の衣装なのかしら……とウキウキして廊下を歩いていると、いきなり背後から肩を叩《たた》かれた。

振り返ると、二十歳前後ぐらいの三人の男性が笑顔で立っている。全く知らない人だが、学園の生徒の知人なのだろう。学園の生徒同士じゃあるまいし、いきなり貴族に名前を聞いてくるなんて失礼でしょうよ。まず自分から名乗りなさいよ。

と言うか、彼らの視線が嫌らしいので見られることも不快である。

「……すみませんが、少し急いでおりますので……案内がこの廊下を真っ直ぐ進んだところに立っていますので、何かあればそちらでご確認頂けますか？」

頭を下げてさっさと立ち去ろうとしたら腕を掴《つか》まれた。

「そんな寂しいこと言わないでさ。俺たちと一緒にお茶でも飲まない？　何でもご馳走《ちそう》するから」

「いえ結構です。用事がありますので――」

「君みたいに可愛い子初めて見たよ。流石《さすが》にアンディーブ学園ってレベルの高い女の子が多いねえ！」

しつこいと思ったらナンパか。だから人の話を聞けと言うのに。

見た目が良いのは知ってるわよ。

「はあ、ありがとうございます。すみませんが友人の手伝いがありますので――」

「あ、じゃあそれ俺たちも手伝うから、その後一緒に回らない？　それが一番いいじゃん。早く終わるだろうし」

「生徒がやらなければならないことですし、本当に結構ですので」

あまりにしつこいので口調にトゲが出てしまった。

腕を掴んでいた男が眉間《みけん》にシワを寄せる。

「ねえ少し可愛いからってお高くとまってない？　失礼じゃないのアンタさあ」

「見知らぬ方にアンタ呼ばわりされる筋合いはございません。断っているのに人の都合を考えない方が失礼ですし、礼儀も知らないと思われますが」

それに少しじゃない。すごく可愛いの間違いだ。

「……何だと？」

腕を掴む力が強まり、ああ腹が立って言いすぎてしまった、と思ったが、感じていることは事実なので撤回する気持ちはない。

「生意気な女だなお前」

「見ず知らずの女性に対してお前などという言葉を使うような無礼な方に、私が持ち合わせる礼儀はございませんわ」

こういう時に限って人が周囲にいないってどういうことよ。だからって言うがままに付き合う気なんてないもの。……ああ、人がいないから声を掛けてきたのか、と今さら気づいたがもう遅い。

「いいから来いよ」

「嫌ですっ！」

言い争っていると、

「——君たちか弱い女性に何をしているんだい？」

と声がした。

え？　と声がした方を見ると、死者姿のジェイ殿下が立っていた。

メイクが上手《うま》いのか、クマの浮いた青白い顔もケガをしているような流血ボディメイクもリアルだ。

しかし残念なことに元が聖属性の後光が射すようなキラキラしたイケメンなので、ゾンビな姿でも全く怖くはない。惜しい。

「うわっ、キモ！　誰だよお前っ！　俺たちはちょっと話をしていただけだ。目障りだからとっとと失せろ！」

私の腕を掴んでいた男がぎょっとしたように手を離した。ああ痛かった。

それにしてもそんなことを言ってしまって大丈夫だろうか。

こんなメイクしているからお分かりにならないでしょうが、この死者もどきは畏れ多くもこの国の殿下ですよー。いくら上位の貴族だったとしても更に上。

このままゴネてると、親と一緒に土下座必須ですよー。

下手《へた》すれば領地没収から爵位返上、国外追放になりますよー。まあ教えてあげませんけど。

ジェイ殿下（死者もどき）は静かに続ける。

「誰だっていいだろう。この学園の生徒だよ。マナーのなってない客はお帰り頂こうか」

「ふざけんなよ。こっちはちゃんとチケット買ってきてんだよ！」

「――おや、それは誰からですか？　今年からは学園の友人までは入場許可が出ましたが、そもそもチケットは非売品のはず。勝手に販売したとなれば大問題だ。処分に値しますね」

さ、名前をと言われ、男はうっと口ごもる。

「……そいつに迷惑が掛かるから言えない。分かった、帰るよ！　帰ればいいんだろ？」

「はい、お帰りはあちらです」

ジェイ殿下がボーイのように非常口に手を向ける。

後ろで黙って立っていた二人の男も、機嫌悪そうに暴言男について去って行く。

理不尽みたいな顔をしていた彼らだが、命拾いしたのを気づく日は来るんだろうか。

そこまで考えてハッとジェイ殿下に振り返り頭を下げる。

「ジェイ先輩、ありがとうございます、本当に助かりました！　あの人たちしつこくて……」

「入場規制を緩めると人が沢山《たくさん》来て賑《にぎ》やかになるのはいいけど、トラブルもあるものだよね。実際に生徒が売り飛ばしたのか、チケットをもらった友人が転売したのかは定かではないが、今後罰則も設けないとまずそうだね。――そうだ、ラリサはケガはないかい？」

「え？　ええ、ちょっと二の腕を強く掴まれたので痛いですが、ケガまではしてないと思います」

「それは良かった。か弱い女性を傷つけるなんて男として最低だからね。これ以上難癖つけるようなら、帰すどころか全力で潰してたけど」

ほーら、やっぱり紙一重で爵位取り上げルートだったじゃない。悪運が強い人たちね。

体中傷だらけの死体もどきに体を気遣われるのもアレだけど、ジェイ殿下は良い人だ。

学園の中の殿下しか知らないけれど、王族だからという上から目線もなく、友人も多いし生徒会長としての人望も統率力もある。オーラのある光を背負った美形だし。

前世の記憶もなくリカルドがいなければ、子供の頃に婚約者として決まっていても、文句はなかったかも知れないわね。まあ今となっては関係ないけれど。

と思いつつ、本来の目的を思い出した私は再び頭を下げた。

「……ああいけない私ったら。ホラーハウス見にいかないと。ジェイ先輩もその、お仕事するんですよね？　……その格好で暗闇から出たら悲鳴上げてしまいそうですけれど」

「ああ、トイレに出てきただけだからね。またお客さんになるべく見られないよう裏から戻らないと驚きが減るからね。それじゃあまたねラリサ」

青白い手を挙げるとジェイ殿下は優雅な足取りで歩いていった。

◇　◇　◇

ラリサがうちのクラスのホラーハウスに来てくれた。

受付の女子が「ラリサが来たわよ」と告げに来たので慌ててマントを羽織《はお》る。

暗幕で道のように仕切られたクラスの内部では「ひゃあ」とか「ぎゃっ」というラリサの悲鳴が聞こえて思わず笑みがこぼれる。ちっとも女の子らしくない。でもそこが可愛い。

自分の受け持ちの場所にやって来るのが分かったので、背後からそっと近寄り、

「お前の血を寄越せ」

と二の腕を掴むとラリサが少し痛そうな顔をした。

手を離し慌てて小声で謝る。

「ごめん、そんなに強く掴んだつもりはないんだけど痛かった？」

「あ、いえ、リカルドのせいじゃないの。お昼ご飯の時にでも説明するわ」

転んだりぶつけたりしたのだろうか？　心配だ。

「あと一時間ぐらいで休憩になるから、いつものところで待ち合わせでいいかい？」

「ええ。それと、ものすごく似合ってるわよドラキュラ伯爵。怖がるよりもっと好きになったわ」

「え？　本当？」

衣装と言っても裏地を赤にした黒のロングマント以外は、白いシャツに黒のパンツ、それにシルクハットと古臭いが特に珍しい格好ではない。二本の牙が見えるような入れ歯と口の端から流れる血のペイントしか恐ろしさはないのだが。

「やっぱり私のドラキュラ伯爵のイメージにぴったりだわ！　リカルドならきっと似合うと思ったのよねえ。ふふふっ」

少し頬を赤らめて興奮気味に語るラリサが可愛すぎて、思わず頬に軽くキスをしてしまった。

「なっ、ちょっと、いきなり驚かせないでちょうだい」

「褒めてくれて嬉しかったから」

「もうっ、じゃあこれからは簡単に褒めないんだから」

「それは残念。でも私は簡単に喜ぶから気をつけてね」

照れる姿も本当に愛らしい。未《いま》だに自分の恋人であることが奇跡のような存在だ。

彼女と別れ、交代時間になり改めて合流する。シルクハットとマントを脱ぎ、血のメイクを軽く落として牙を外せば目立たない一生徒に早変わりだ。衣装が楽で助かるな。

だが食堂でラリサと昼食を食べている時に、彼女から血の気が引くような話を聞いた。

二の腕の痛みは絡まれた男に掴まれたものだと言うのだ。

「本当に何度断ってもお茶でもってしつこくて……逃げられなくて困っていたら、ジェイ先輩がたまたま通りかかって助けてくれたのよ」

「ジェイが……」

大変不本意だが、彼には改めて俺からも礼を言わなくてはならない。

しかし、愛するラリサの柔肌に痛みを与えるなんて、その男たち……いや、手を掴んだのは一人だけらしいが――その男だけは見かけたら許してはおけない。

ラリサは突出して可愛いのに、本人の危機意識が薄い。

身に起きるかも知れない危険を軽視している。俺がいくら学園への行き帰りに変な虫が寄ってこないよう注意していても、今日みたいに少し離れているだけですぐこれだ。

文化祭の人出が増えるのは良いことかも知れないが、ろくでもない輩《やから》が出入りする危険があるのであれば、来年からはまた身内だけにするなど対策を練ってもらわねば。ジェイにも伝えて生徒会から働きかけてもらおう、そうしよう。

「心配で、クラスの出し物どころじゃないよ……」

心の声が思わず洩れ出てしまったら、ラリサからたしなめられた。

「もう、私は大丈夫だったから心配しないで。午後はなるべく友人といるようにするし、ちゃんと帰りはリカルドの仕事が終わるまで待っているから。それに他の人にもリカルドの素敵なドラキュラ伯爵を見てもらわなくちゃ。……あら、ホラーだから驚かせるんだったかしら？　お客さんがあまりに格好よくて驚くというのでも良いわよね」

「いやそう思うのはラリサだけじゃないかな？　……別に、ラリサ以外に格好いいと思ってもらわなくても良いのだけどね」

「そういうセリフって、周りが見えないおバカさんのカップルみたいよ？　それにね、リカルドは自分のことを否定しがちだけど、私はリカルドが好きで付き合ってるのに、まるで男を見る目がないおバカさんだと言っているのと同じなの。私をも貶《おとし》めているのよ」

「ごめん！　そんなつもりは……」

実際に俺を選ぶ時点で男を見る目はないとは思うが、決してラリサを貶めたいわけじゃない。

俺は愛する彼女を自分一人で守り切りたいのだ。

「……これからはそんな考えを持たないよう気をつけるよ」

「まあ徐々にで良いわ。また落ち込むようなら私が背中を叩いてあげるし」

美味《おい》しそうにローストビーフのサンドイッチを頬張り、こちらに笑顔を見せるラリサに、またキスしたくなってしまうが、嫌われたくないので人前では遠慮しておこう。

やっと入場者も全員帰って行き、クラスの片づけも終わらせた俺は、急いでラリサのクラスへ向かうと、ラリサがクラスの女子と大きなゴミ袋を持って教室を出てくるところだった。

彼女のクラスもほぼ片づけが終わり、あとは焼却炉へ行くだけだと言う。俺は隣の女子のゴミとラリサの抱えていたゴミをさり気なく受け取って、

「紙だけでも女性には重たいからね。私がラリサと一緒に行くから、君は帰り支度をした方が良いよ。暗くなると危ないからね」

「まあリカルド先輩、すみません。助かりますわ。――ラリサも恋人と二人きりの方が良いものね。お言葉に甘えてお願いいたします」

申しわけなさそうな顔でお礼を言われてこそばゆくなる。

別にその子のためじゃないのだ。

ラリサと二人で校舎の裏手の方へ歩いていくと、他のクラスの男女が大きなゴミ袋を持って何人も並んでいた。そりゃ他のクラスも同じようにゴミは出るか。

ラリサのクラスでは室内を綺麗《きれい》に飾り付けていたためか、回収と片づけに時間が掛かっていたらし

く、どうやら自分たちが最後らしい。

「あら……少し待つことになりそうね。リカルド、ごめんなさいね」

「別に構わないよ。どうせ一緒に帰るんだから」

のんびりと話をしていると、最後に俺たちの順番が回ってきた。

ぽいぽいと大きな焼却炉にゴミを放り込み、蓋を閉める。ある程度燃えたら最後だから火の始末をしなければ。火事になったら大変だ。

「見つけたぞ——おいそこの女！　よくも恥をかかせてくれたなあ！」

ラリサとそばのベンチで一休みしようかと話していると、少し離れた場所から怒鳴る声がして振り返ると、見知らぬ三人の男がこちらへ向かって来るところだった。

「……ラリサ、あいつらってまさか……」

「さっき言ってた人たちよ。帰るって言っていたのに今までいたのかしら？　何時間もヒマねえあの人たち」

少し呆れたような顔をしたラリサだったが、俺としては好都合だ。

「——ラリサに乱暴した奴は誰？」

「あの茶髪が少しクルクルしてる人」

「ふうん、あいつか」

俺はさり気なくラリサの前に立ち、奴らを出迎えた。

「……何だよお前は。俺はそっちの女に用があるんだよ」

クルクル頭の男は俺を鬱陶《うっとう》しそうに眺めた。他の二人は小声で「帰ろうよ」「もういいじゃないか」などと言っているので、こいつだけがプライドを傷つけられたと思っているらしい。

「私の恋人ですから。もう来場者は帰られてるのに何の御用ですか？　何だか昼間は彼女にしつこく付きまとっていたみたいですが」

「あのなあ、俺は案内してくれって頼んでただけだよ。お礼に飲み物でもご馳走するからって下手《したて》に出てたら付けあがりやがって。お陰で出て行けとか言われるし、いい迷惑だよ」

「断ったのに腕を掴まれて閉口したと聞きましたが。貴族令嬢に乱暴な振る舞いをする方が問題ではありませんか？」

「はあ？　ガキが女の前だからっていきがりやがって。この女に詫《わ》びの一つも入れさせなきゃ気が済まないんだよ。俺はな、侯爵家の三男だぞ？　お前らんとこの爵位は何だよ？」

「伯爵家ですが。しかも爵位こそ下になりますが、私は既に跡を継いでおりますので、上二人がどうにかならない限り、ただのごくつぶしでしかない侯爵家の三男に家柄をどうこう言われましてもね。婚約も控えている女性に乱暴を働いたと正式に抗議をさせて頂いてもよろしいのですが。ああ、そうなると家から放逐されてしまうかも知れませんね。別に私は構いませんが」

俺の悪いクセかも知れない。腹が立てば立つほど冷静になって、丁寧《ていねい》に相手の痛いところを突いてしまう。今はわざと煽《あお》っているのだが。

「……何だと？」

クルクルがいきなり俺の顔を拳《こぶし》で殴りつけた。

唇の端が切れたようで、手で拭ったら思ったより血がついていた。

「リカルド！」

ラリサが悲鳴のような声を上げる。

大丈夫だよラリサ。先に手を出されたんだから、これで正当防衛だ。

俺は再度拳を突き出してきた男の腕を掴むと、そのまま押し倒す。

まずは殴られた分、と。

俺は馬乗りになった男に一発叩き込む。もちろん顔面だ。

次はラリサを怖がらせ、痛い思いをさせた分、と。

手で防ごうとするクルクルを無視して思いっきりまた一発ぶち込んだ。

正直このままボコボコにして人前に出られない顔にしてやろうかと思ったのだが、ラリサが必死に止めたのと、騒ぎを聞きつけたのかジェイ殿下とビリーが校舎から走って来たのでやめた。

「おいリカルド、何をしてるんだ？　……何ですか、またあなたたちですか。帰れと言ったのにしつこいですね本当に」

駆けつけたジェイ殿下がクルクルたちを見て心底呆れたような声を出す。

俺が仕方なしに立ち上がると、クルクルも立ち上がって俺を指さした。

「おいおい、この学園では一般人に暴力を振るうのか？　ああっ？　鼻の骨が折れたかも知れないぞ、どうしてくれんだ？」

「僭越《せんえつ》ながら、先に殴ってきたのはそちらです。それと、恋人に勝手に因縁《いんねん》つけられまして。ああ侯爵家の三男坊と爵位で脅すような真似もしておりましたね」

　俺は冷静に反論する。

「……リカルドも頬が腫れて出血してるな。第一、一人対三人で囲まれちゃ、先に手を出したのがこっちだったとしても仕方ねえよな。男としても好きな女の一人も守れないようじゃ、そりゃあ立つ瀬ないもんなあ」

　ビリーが俺の顔を見てニヤリと笑った。

「……だが実際大ケガをしたのはこっちだからな。俺はそちらの女性に謝罪をさせたかっただけだ。これは正式に抗議させてもらうぞ」

　黙ってやり取りを見ていたジェイ殿下がうっすらと笑みを浮かべる。

「はあ、抗議ですか？　それでしたら遠慮なく法廷まで持っていって下さっても構いませんよ。その際には生徒会長である私、ジェイ・アルバインがあなたに正義がないことを証言いたしますが。ちなみに昼間、死者の格好で一度お会いしてますがお忘れですか？」

「――は？　アルバイン？」

　クルクルが少し頭が冷えたのか、改めてジェイ殿下を見て、我が国の次期国王であることにようやく気がついたらしい。怒りで真っ赤だった顔がみるみるうちに真っ白になった。分かりやすい男である。王族に勝負を挑める貴族なんてこの世には存在しない。しかも跡継ぎでもない貴族の三男坊など戦いの場に立つ権利すらない。

「いや、これはええと、ですね、私もつい大人気《おとなげ》なく痛みでカッとしてしまって……誠に申しわけ——」

「僕らも友人を止められず申しわけありませんでした！」

「今後こちらには一切出入りしません！　そちらの方々にもお詫びいたします！　本当に失礼いたしました！」

目立たず影のようだった連れ二人は事態の深刻さにいち早く気がついたようで、深く頭を下げるとクルクルを引きずるようにして門へ向かって去って行った。

「……リカルド、お前わざと先に殴られただろう？」

ビリーが呆れたように俺を見た。

「何のことかな？　見ての通りこちらは被害者だよ」

「それはもういいよ。とりあえず来年からの入場者問題は学園長と相談しなくてはね。リカルドも頭の出来が良いくせに、ラリサが関わった途端すぐ冷静さを失うのは悪いことだよ。深く反省すべきだね。毎回私が手助けできるわけではないのだから、下手したら味方を呼ばれて大人数でケンカを売られて、もっと大事《おおごと》になっていたかも知れないだろう？　私たちが来なかったら、多勢に無勢だからどうなっていたかなんて分からないよ」

「そうだね——申しわけない」

ジェイ殿下に静かに諭され、俺は素直に頭を下げた。確かに大切なラリサに近づき傷つけた男に対する怒りが先にあって、殴りたかったのは間違いない。

でもラリサも危ない目に遭わせるかも知れないところだったと考えると、褒められた行いではないのは深く反省すべきだ。

「まあ分かったなら良いよ。じゃあ私たちはちょっと学園長に報告して行くから、君たちはしっかり焼却炉の始末をしてから帰ってね」

「分かった」

ジェイ殿下は軽く手を挙げると、ビリーと並んで校舎へ戻っていった。

俺は焼却炉の火が消えていることを確認し、ラリサの元へ戻ると、鞄《かばん》を取りに教室へ戻り、学園を出る。歩いている間もラリサがずっと黙ったままなのがとてもとても不穏だ。

「ラリサ……その、本当にごめんね？」

「……」

「ラリサに怖い思いをさせた男と聞いて、我慢ができなかったと言うか……」

「……」

どうしよう。沈黙が恐ろしい。

「――リカルド、私は今とても怒っているのよ？」

「ええと……勝手なことをしたのは本当に申しわけない。暴力は良くないよね、やっぱり」

「そうじゃなくて！」

ラリサは俺を睨《にら》み付けた。本気で怒っている顔なんて初めて見たかも知れない。

「守ろうとしてくれたのはありがたいわ。感謝しているの。でもリカルド、あなた顔だけじゃなくて手もケガしてるじゃない」

「え？」

俺はさり気なく手をラリサから隠す。先ほどクルクルを殴った時に奴の前歯に当たったのか、右手の薬指の辺りが数センチほど切れていた。縫うほどではないがヘマをしたものだ。

「私は、確かに力もないし、敏捷《びんしょう》にも動けない役立たずだけれど、それでも好きな人がケガをするのを見るぐらいなら、自分がケガした方がマシよ。心臓に悪いわ」

ラリサは隠した俺の手を引っ張り、ケガの様子を確認している。先ほど手を洗って止まったように見えていた血がまた滲《にじ》んでいた。

「かすり傷だけど……心配かけてごめんね？　もうしないから許して（多分）」

「当たり前よ！　それに暴力を暴力で返すなんて、相手と同じレベルに落ちるのよ？」

「そうだねその通りだ。本当に申しわけない」

俺は深く反省しつつも、ラリサが本気で心配してくれていることに体が震えるほどの喜びを覚えていた。叱られることが嬉しいとか、どう好意的に見ても変態のような気がするが。

「分かってくれたらいいわ。……でも、そうね……」

少し考える仕草をしていたラリサが、いきなり俺の傷口に唇を当てるとちゅうっと吸った。

「っっ？　ラリサ一体、何を？」

「リカルドがやっていたドラキュラ伯爵って、血を吸った相手を意のままにできるじゃない？　だから私もリカルドの血を吸えば、リカルドがちゃんと私の言うことを聞いてくれるかな、と思って。……でも私は吸血鬼じゃないからダメかしらね」

俺の血がラリサの体に入った、という事実に頭がボーっとしてしまう。

「――私は、いつでもラリサの言うことを聞いているつもりだよ？」

「嘘ばっかり。私が止めてもあの人に殴り掛かったくせに」

「それは本当にごめん。ラリサに乱暴をしたことがどうしても許せなかったんだ。もうしない」

「本当に？」

「約束する」

「……それなら今回は許してあげるわ。次に私のためにまたしなくていいケガを負うような真似《まね》をしたら許さないわよ？」

「絶対にしない、つもりだけど……ただ自分から仕掛けなくても、そのままだと確実にラリサに危険が及ぶ状況になったら無意識に動くと思う。ほら、事故だっていきなり起きるだろう？　私だって大切な人の危機は見過ごせないからね。だから時と場合による、ということで許してくれない？」

「……自分からトラブルを起こすようなことをしなければいいわ」

「助かったよ」

「それと唇のところと手のケガ、必ず寮に戻ったら先生のところで消毒治療してね。化膿《かのう》したりすると怖いから」

「もちろん」

――消毒なんてするわけないじゃないか。ラリサの唾液がついた傷だぞ。……治療よりもできるだけ唾液が乾燥しないように絆創膏《ばんそうこう》を貼って保護しなくては。

第十一章　修学旅行と忘れた頃の拉致監禁

少しゴタゴタした文化祭も終わって、秋の体育祭が終わると、三年生の最後の学園イベント、修学旅行の時期である。

十一月の一週間、三年生一同で列車で数時間かけて移動し、山にある男女別のコテージでそれぞれが共同生活を送るのだそうだ。

町から調味料や食材だけは届くので、自分たちで協力して料理をするそうだ。罠《わな》を作ってウサギを獲《と》ったりキノコを採取して食べたり、ハイキングやキャンプファイヤーをしたり。

自然に触れることと、共同生活を送ることで卒業後の社会生活や人付き合いを円滑に処理できるようになるため、という意図があるらしい。

リカルドは、旅行が近づくにつれ心底嫌そうな顔で愚痴をこぼしていた。

「ラリサと一週間も離れるとか無理」

「私がいない間にラリサが拉致でもされたらと思うと怖い。でもラリサはお人好しだから、すぐ騙《だま》されてホイホイついていきそうでそれも怖い」

「また変な男に絡まれたりしても助けにいけないじゃないか」

「離れているとラリサに浮気を疑われてしまう。絶対に浮気なんてしないけど」

と言い出してジェイ殿下たちにも呆《あき》れられていた。

安心しろ一週間なんてすぐだ、と私と周囲の人に説得されてドナドナされていったが、本当に涙目になっていたリカルドがちょっと可哀想《かわいそう》になってしまった。

でも結婚したら、領地の仕事で一週間どころか一カ月ぐらいは留守になることもある。うちの両親だってたまにあるもの。ここは是非とも少し強くなって欲しい。

リカルド頑張って。


「……ふう」

リカルドが修学旅行に行って六日だ。明日には戻ってくる。

最初の数日はリカルドべったりの状態がなくなった解放感で、アンジェリーナともお昼を食べたり一緒に登下校したりと、好きな時間の使い方ができるのが嬉《うれ》しいと思う気持ちもあった。

だが私も大分リカルドに依存してしまったのか、顔を見られないのが寂しいと感じてしまうようになって、部屋に一人でいるとついついため息がこぼれてしまうのである。

（まあ明日には戻るんだものね。私も我慢しないと――あ）

今日は週末。学園は休みである。

リカルドは私以外に対する好き嫌いをほぼ表に出さないタイプなのだが、最近気づいた。

彼は実はぬいぐるみが好きなのだと思う。

多分女性が好むものだからと感じているのか、町で雑貨屋やおもちゃ屋などを覗《のぞ》いても無反応に近い顔なのだが、私が会計で離れていた時に、大きなクマのぬいぐるみの頭をなでなでしていた。

自分では絶対買わないだろうが、恋人から贈られたとしたら、仕方ないな、と言いつつも部屋に飾ってくれるのではないか。そして、部屋の中であれば思う存分なでくり回すことも可能ではないか。

本人が気づいているのか定かではないが、町中で出会う犬や猫などに向ける目もかなり優しいのだ。まあそれでも険しい感じだけれど。少なくとも可愛《かわい》らしいものにかなり関心は高いと思う。

（……戻ってきたらぬいぐるみをプレゼントするのはどうだろう？）

そう思ったらソワソワとしてしまい、身支度をするとアンジェリーナの部屋をノックした。

「あら、どうしたの？」

驚いた顔のアンジェリーナに事情を伝え、町へ買い物に行きたいのだが付き合ってくれないか、とお願いしてみる。アンジェリーナは喜んで、と快諾してくれた。

「実は私もグウェインがいなくて少し寂しかったの。私も何かプレゼントを買おうかしら。ちょっと待っててね、すぐ支度するから」

「ごめんなさいね、急に付き合わせてしまって」

「いいのよ。ただグウェインが好きなものって植物とか昆虫みたいなものだから、プレゼント……悩むわあ」

二人で揃《そろ》って近くの町へ出る。

私は少し大きめの黒いビーグル犬のぬいぐるみを買い、アンジェリーナはものすごく迷いながらも、分厚い昆虫図鑑を選んだ。本屋も週末だからなのか、かなり混雑している。

「ふふっ、とても恋人に贈るものとは思えないわね。まあ良いわ。少し待ってて、会計してくるから」

「じゃあ邪魔だから表にいるわね。帰りにお茶でもしましょう」

「ええ。温かいのが飲みたいわ」

私は本屋の外で待つことにして先に表に出た。

流石《さすが》に十一月ともなると肌寒い日が多い。リカルドからもらったストールが軽くて暖かいし、この時期本当に助かるわ。

ストールを掛け直していると、背後から誰か話し掛けてきた。振り返るとクリーム色のエプロンをした二十代半ばぐらいに見える女性だったが、見覚えはなかった。

「……あの、申しわけありません」

「はい？」

「先ほどお客様が購入されたぬいぐるみなのですが、実はお値段を間違えて多く頂戴してしまったようなのです。返金処理をさせて頂きたいので、大変お手数ではございますが一度当店までお戻り願えますでしょうか？」

「まあ、そうなのですか？　値段はそんなに高くなかったと思うのですが」

日本円で大体六千円ぐらいだった。赤ちゃんぐらいの大きさでこの金額はお得だと思ったのだけど。

「ええ、バーゲンで割引になっていたのですが、アルバイトが勘違いをしておりまして、割引の適用をしておりませんでしたの。誠に申しわけございません」

本屋の中を見ると、レジにはまだアンジェリーナの前に何人も並んでいる。数分ぐらい離れても大丈夫かしら。

「お時間は掛かりませんので」

「……はい。それでしたら……」

私は頷《うなず》くと、その女性と一緒におもちゃ屋に向かうことにした。

この先の細い道を抜けるとすぐおもちゃ屋の前に出る。

「店にお客様が数名いらっしゃるので、恐縮でございますが裏口の方からお願いいたします」

案内されるまま店の裏手側に回った時に、すっと手が伸びて顔に何か布を押し当てられた。

（えっ？）

と思って払いのけようとしたが、そのまますーっと気が遠くなった。

目が覚めると、私は見覚えのない部屋の一室のベッドの上に一人寝かされていた。

一体何がどうなったのか理解できず、辺りをキョロキョロ見渡して窓などの鍵を確認していると、物音に気づいたのか、ノックの音がして誰かが入ってきた。

「……あなたは……」

「こんにちは、ラリサ様」

サラサラ黒髪も艶《つや》やかなフローラが笑顔で立っていた。

ちょっと……ずっと音沙汰なかったくせに今さらなの？　すっかり警戒を解いていたのに。

「あ、喉が渇きましたでしょう？　冷えていたので暖炉の薪《まき》を増やしておりましたから。紅茶でよろしいですか？　それとマドレーヌを焼きましたの。家族には好評だったので、不味《まず》くはないと思いますけれど」

状況が分からないままぼんやりと聞いていると、フローラは私をティーテーブルにつかせ、お茶を淹《い》れ始めた。いや確かに喉はイガイガするので助かるのだけれど。

でもこれはさっきの薬品のせいでは……と考えたことで、ようやく目覚める直前の出来事をはっきりと思い出した。これは、もしかしてもしかすると攫《さら》われたの？

了承も得ずにここに連れてこられた経緯を思うと、呑気《のんき》にお茶を淹れているフローラの意図も分からない。アンジェリーナも心配しているだろう。

「――何故《なぜ》、私をここへ？」

乾燥してるせいか喉が痛かったので、不安はあったがもてなすような態度からみて、いきなり毒を盛るようなことはしないだろう、と覚悟を決めてお茶を一口含む。美味《おい》しいし特に変な味はしなかった。

まともに声が出せるようになってから私は尋ねた。

「え？　ああそれはですね、リカルド様がいらっしゃらないこのタイミングしかなかったのです。ラリサ様は普段あまり外出なさらないし、してもリカルド様と一緒であることが多いですものね。この機会を逃すともうチャンスがないのではと……あ、ご挨拶《あいさつ》が遅れて申しわけございません。私はフローラ・ダイナスティーと申します。一年ですわ」

「フローラ・ダイナスティーというと……以前リカルドに告白されてた方？」

私はしらばっくれて返事をした。

「あらご存じでしたの？　いやだ、恥ずかしいですわ。あれは失敗しちゃいましたね。もう少し趣味嗜好《しこう》を調べてからにするべきでしたわ」

思ったよりも軽い返答だ。

「……あなたは、リカルドが好きだから、私が邪魔になったの？　でも、私をどうにかしたところで、リカルドがあなたを好きになるかは別問題だと思うのだけど」

正直、今笑顔でいる彼女がいきなりポケットから刃物を出してきたら、私はどこまで逃げ切れるだろうかと考えると、怖くないとはとても言えない。

「――リカルド様に告白したのは、まあお掃除と申しますか。一応そこそこ顔には自信もありましたもので、もし上手《うま》く引っ掛かったらしばらく付き合ってポイしようかと。ラリサ様からも浮気者のレッテル貼られて間違いなく嫌われるんじゃないかと思いましたの。……まあの男、ラリサ様に一《いち》途《ず》でしたので上手くいきませんでしたけど。これぱかりは仕方ありませんわね、ラリサ様は魅力溢《あふ》れる素晴らしいお方ですもの」

「……え？」

私は首を捻《ひね》る。これは嫌味なのか、それとも私を褒めてるのだろうか。

とてもじゃないが、リカルドが好きで好きでたまらない、という感じを受けないのだけど。

「フローラ……あなたリカルドが好きだったんじゃないの？」

「私が？　まさか！　だってあの人男じゃないですか」

……待って。何だかちょっとこの先は聞きたくないのだけど。

「私は六歳の時に初めてラリサ様に助けて頂いた時から、ラリサ様をお慕いしているのです。がさつで乱暴な男性なんて大嫌いですわ！」

……えー。

まさかフローラは百合《ゆり》属性だったの？　私が本命？　大体六歳の時に会ったって言われても……全く記憶にないのだけど。そんな潤んだ瞳《ひとみ》向けられても助けた覚えもないのよ私。

「ねえ、フローラが六歳の時って、私が七歳よね？　申しわけないけれど、私は覚えがないの。どなたかと間違えていないかしら？」

「いいえ。あれは王宮で開かれた国王生誕祭の時です……」

フローラの話を聞くところによるとこうだ。

親に連れてこられた彼女は、周囲が大人《おとな》ばかりで話ができる同世代の相手もおらず、退屈で飲み物ばかり飲んでいたらしい。

沢山《たくさん》水分を取ればトイレも近くなる。だが王宮は広く、どこがトイレなのかも分からない。大人はお酒を飲んで話をしており話し掛けづらい。必死で我慢しているうちに、我慢できず粗相《そそう》をしてしまったようだ。

その年頃でも女子である。死ぬほど恥ずかしくて草むらに隠れて泣いていたら、私がひょこっと現れたらしい。

『まあどうしたの？　そんなところで座っていたら虫に刺されるわよ。すっごく痒《かゆ》いんだから』

ニコニコと話し掛けてくる私があまりにも優しげだったので、どうしたらいいのか分からず状況を打ち明けたら、自分の手を引っ張って噴水に連れていかれたそうだ。

『さあ、入るわよー』

と真っ先に私が噴水に飛び込んだらしい。私の情緒どうなっていたのかしら。

『ほらあなたもいらっしゃいよ。ちょっと冷たくて気持ちいいわよ』

と言われ、水に入った。

入って初めて、ああこれは私の粗相をごまかすために考えてくれたのだと気づいたそうだ。

その後びしょ濡《ぬ》れで会場に戻ったら、私はめちゃくちゃ親に説教されていたそうだ。

ただ私自身は小さい頃からパーティーが苦手で、知らない大人に話し掛けられたくなくてあちこち徘徊《はいかい》していた。叱られるのもいつものことだった。

「あの時は一緒に噴水で遊んだということで、粗相の件は全く知られずに済みました。本当にありがとうございました」

頭を下げられても、本当に記憶にないので居心地が悪い。それにちょっと知られたくないことをフォローするなんてよくあることではないか。しかも身に覚えすらない。

「……そんなに大したことしたわけじゃないし、気にしないでちょうだい」

「大したことですわ。子爵とはいえ、貴族の子女が国王の生誕祭で粗相をしたなどという噂《うわさ》が広がれば、家名に傷も付きますし、私も恥さらしな娘として評判になっておりました。子供心にもラリサ様は私のヒーローでした」

その後、どうにかお近づきになりたいと思っていたものの、子爵令嬢が格上の伯爵令嬢をお茶会に誘うなどできるはずもない。身分的には慎むべきことである。

それで、時々パーティーなどに現れる私と会うため、嫌いだったパーティーにもせっせと参加したのだと言う。ただ元々フローラも内気だったのと、私の周りには常に誰かがいたので、声も掛けられなかったらしい。

あー、昔から将来は美人だの息子の嫁にだの言われていたものねえ。

単なる顔見せみたいなパーティーに嫌気が差して徘徊していたぐらいだから、確かに周囲に人は多かったかも知れない。逃げている時以外は。

「ようやく学園で先輩として毎日お会いできると思ったら、アイパッチの目つきの悪い男が常に横にいるんですもの。本当に困ってしまいましたわ。ですからラリサ様から引き離すためにも慣れない告白もしてみたのですが、思うようにはいかないものですのね。毎日毎日ラリサ様を見ようとすると必ず視界に入るのが鬱陶《うっとう》しいったらありませんでした。この修学旅行の時期まで長く離れることがなかったので、イライラしておりましたの」

単にリカルドを私から引き離すためだけに告白したのかこの子は。……それは何というかちょっと、いやかなり変わった思考の持ち主だ。

「……あのね、私とリカルドは恋人同士だから、一緒にいて不思議ではないでしょう？　それに卒業したら婚約する予定なんだもの」

「あくまで予定ですわよね？　予定は未定。あの男にはラリサ様は勿体《もったい》ないです」

「フローラ、以前の話を覚えてなくて申しわけないけれど、お友だちになることならできると思うの。ただ私はリカルドのことを愛しているし、あなたの気持ちに応えることはできないわ」

「大丈夫ですわ。ここは現在私とメイドしか住んでおりませんが、郊外に母方の使ってない別荘がありますの。のどかで素敵なところですわ。それで、このままラリサ様にはリカルド様と別れて頂いて、私と一緒にそちらで暮らしていれば、私の良さや気持ちが本物だというのも分かって下さると信じております。学園に関してですけれど、家庭の事情などで学園に通えない生徒に対しても、課題を提出していけば卒業できるようなシステムもありますから卒業は心配ありません。だってラリサ様ですもの」

「いえ、あのね――」

「別荘もちょうど改装途中ですの。カーテンはやはり白いレースがよろしいですわよね？　赤い屋根に白い壁で、ああベッドも天蓋付きの方がラリサ様のイメージですわね！」

「聞いて、私は同性のあなたを愛せないのよ」

「はい大丈夫です。私は愛しておりますし、気持ちというのはいずれ変化するものです。今は何とも思ってなくても、いずれ私と一緒にいるのが当たり前になりますわ。私の実家は商売が上手くいっていて、お金にもゆとりがありますし、下によくできた弟も妹もおりますの。なので私がどこかに政略で嫁がなくても問題ありませんのよ」

　いや、そんなことはどうでも良いのよ。

　それと私があなたと一緒に暮らす理由にはならないんだってば。

　何度も言葉を変え態度を変えて伝えるも、フローラの意思は変わらない。

　アンジェリーナの言っていた、話が通じない、理解し合えない人がいるというのはフローラのような人のことを言うのだろうか。

それにしても、粗相一つ庇《かば》ったぐらいで恋心を募らせるなどと誰が思うのか。それも本当に覚えてないし。

今のところ危害が加えられる気配はなさそうなので良かったが、女性同士の恋愛というのも私には分からないし、まかり間違えば貞操の危機もあるのかしら。

それに、一番の心配事がある。

フローラ……リカルドが戻ってきた時に、私がいないことを知ったら、多分とんでもないことになるのよ。どんな暴走をするのか、そっちの方がむしろ今は恐ろしいわ。

「ラリサ……？　ねえラリサ、どこなのー？」

私が図鑑の会計を済ませて表に出ると、ラリサの姿がなかった。

確か表にいるって言ってたわよね？

念のため店の中にも戻って探したがやはり見当たらない。

近くで庭に水を撒《ま》いているおばさんがいたので聞いたところ、

「そこにいた可愛《かわい》い子なら、エプロンをつけた若い感じの女性と裏通りの方へ抜けてった」

「どうもありがとうございます」

言われた通りに裏通りを抜けてみるも、どこに行ったのかは分からず。

何も言わずに勝手に帰るなんてことはしない子だけど……と思っていたら、道の隅にラリサが買っていたおもちゃ屋の紙袋が落ちていた。

拾って中を見たら、私がラリサと一緒に選んだブルーのリボンと包装紙。

あのビーグル犬のぬいぐるみに間違いない。

そこまで考え血の気が引いた。

（エプロンの女性って……まさかフローラ？　でもラリサからもあれから全く音沙汰ないって聞いて

いたし……あの美貌だから勝手に見初《みそ》められて拉致されてないとも限らないし。警戒心を解くために女性が雇われていた場合も……）

だがここで悩んでいても仕方がない。

もしかするとご家族に何かあって使用人が迎えにきた、なんてことも。

万が一自分の勘違いだったらと思い、一度訪問したことがあるラリサの実家、スティングレー家を訪れた。彼女の両親はちょうど在宅しており、私の顔を見てやあ、と笑顔を見せた。

「おじ様おば様、あの、ラリサは戻ってますかしら？」

「ん？　ああ、何だかさっき使いの人が来てね、アンジェリーナと別れた後に昔馴染《なじ》みとバッタリ再会したから、今日はそちらの家に泊りに行くとかって言ってたな。同じ学園の女の子らしいが学年が違うんで気づかなかったらしいよ。フローラとか言ったかな」

「もしかしたらしばらくお相手の屋敷から学園に通うかも知れないけど心配しないで欲しいとも言っていたわね貴方《あなた》？　アンジェリーナ以外に親しくしている子がいたなんて知らなかったけれど、使いのメイドもしっかりした感じだったし」

「そうですか……」

私と出歩いてたのに、何の断りもなしにそんなことをする子じゃない。拐《かどわ》かされたに違いない。

それにしてもラリサの親だけあって、お人好しでのほほーんとしているわ。血筋かしら。

ここで大事《おおごと》にしても話がややこしくなるので、そのまま挨拶して屋敷を出ると、待たせていた馬車に乗り込み寮に戻る。

　とりあえず人を寄越したぐらいだし、身元も伝えているのだから、今すぐ何かするつもりはないだろう。

「あんのクソ女……今さら何のつもり？」

　イライラと爪を噛《か》みながら、私は頭の中を冷静に保とうと感情を抑え込んだ。

　週末で幸い明日も休みである。

　フローラの屋敷を調べてラリサを連れ戻さなければ。

　そう考えて寮に戻ると、女子寮の受付になんとフローラから手紙が届いていた。

　自室に戻り急いで手紙を取り出した。

『アンジェリーナ様

　私は一年のフローラ・ダイナスティーと申します。

　とある件でラリサ様の誤解を解きたく思い、急ではございましたが現在は我が家で丁重にもてなしておりますのでなにとぞご安心下さいませ。ご実家にも連絡は済んでおります。

　アンジェリーナ様にも誤解されてるかも知れませんが、ラリサ様へ危害を加えるつもりは一切ございません。家名にかけて誓います。

　途中までご一緒だったとのことで、さぞ心配されているのではないかと思い、取り急ぎご連絡いたします。
また、改めて明日戻られるリカルド様ともきちんと話す機会を設けさせて頂ければと存じます。
よろしければリカルド様が戻られてからご一緒にお越し願えれば幸いです』

別紙にはご親切に屋敷までの道順まで書かれている。

（……？）

さっぱり分からない。

家名をかけるというのは、この国の貴族の中ではかなり重い言葉だ。

要はその発言に全責任を持つ、という決意宣言。もし虚偽だった場合は爵位を返上しても構わない、ということである。気軽に使える言葉ではないのだ。

従って、フローラが危害を加えていないし丁重に扱っていると言うのは事実だろう。

まずは一安心だ。

そして最後の方の文章は、恐らく二度手間になって面倒だから二人で一緒に来てね、ということではないかと思われる。

……しかし誤解？　誤解とは何だろう。リカルドに告白したこと？　でもあれは私とグウェインが実際に目撃しているし、誤解の余地はない。でも他に何かあっただろうか？

今まで聞いてきたラリサの話も思い出しつつじっくり検討する。

分からない。彼女は何が目的なのか。

しかもリカルドと一緒に来いですって？　あのヤンデレ男と。

前門のヤンデレ、後門のメンヘラだ。逃げ場がないじゃないの。

ラリサの周囲には何故《なぜ》こんなのばかり湧いてくるのかしら。

でも私だけが相手のところに乗り込んでも解決するとは思えないし。

念のためラリサの部屋をノックするもやはり反応はない。

淡い期待は見事に裏切られた。

自分の意思とは無関係に巻き込まれているような気がするが、ラリサのせいではないのは理解している。リカルドかあ。絶対怒るんでしょうねえ。気が重いわ。

「……まあ仕方ないわ、ラリサのためだもの」

そう思いつつも、ああ明日がなるべく遅く来ますように、と願うばかりであった。


「……アンジェリーナ、君がついていながら何故そんなことになった？」

「申しわけありません……」

ほら来たほら来た。

案の定、修学旅行から戻ってきたリカルドは、真っ先に女子寮の受付でラリサを呼び出した。が、当然不在のため私が呼び出される。

　ロビーから外に出て、庭園で私が現状を説明したら、一人か二人は手に掛けていそうな眼差《まなざ》しが、確実に数人は殺《や》っているレベルに格上げされた。怖い。

「でもリカルド様、元はと言えばですね、フローラをあなたが冷たく振ったのが原因なのではないかと――」

「愛する女性以外は目に入らないと断っただけだ。何が悪い？　大体振るのに温かく振るとかあるのか？　変に先があるかもと思わせる方が失礼じゃないか」

　はいごもっともです。ただメンヘラにはそれは通じないのです。

「ともかく、この一週間ラリサに会えなくてまともに眠れず、ようやくこの苦行から解放されると思って戻ってきたんだよ？」

　それは私のせいではないと思います。

「ただ、ラリサの実家にも使用人から連絡していますし、行先も名前も明らかにしておりますから、すぐにどうこうはないと思うんです」

　私は持ってきたフローラからの手紙を見せた。

「私がどうこうする方が早いじゃないか。ほら、今からそのフローラのところに行くよ」

「分かりました。すぐ支度してきます」

「ラリサが怖い思いをしてないといいのだが……万が一のことがあればその女ただでは済ませない」

リカルドの小さな呟《つぶや》きを聞かなかったことにして、私は急いで自室で訪問着に着替え、リカルドの元へ戻る。

ラリサは親友だ。もちろん大切だ。でも、ほんの少しだけ愚痴を言わせてもらえれば、ヤンデレとメンヘラの直接対決なんてできれば避けたかった。

「さあ、ダイナスティー家に向かうぞ」

「……ええ……」

愚痴はともかく、ラリサを早く救わねば。

◇　◇　◇

「……あのリカルド様、少し落ち着いた方が良いかと」

「いや、落ち着いているが？」

「でしたら、その鞄《かばん》に入れてる金づちとかロープその他怪しげなものを、絶対使わないで下さいね？あちらは子爵令嬢なのですから話せば分かります。冷静に、冷静にですわよ」

「話して分かるような奴《やつ》がいきなりラリサを攫うのか？」

「――まあそれはそうなんですが、周囲に根回しもしておりますし」

「大丈夫だ。必要がなければ使わない」

「……あれば使うんかい」

「ん？　何か言ったか？　すまない、よく聞こえなかった」

「いえ、何でもありませんわ。早くラリサに会いたいですわね」

「もちろんだ」

　ああラリサ。この一週間どれだけ君の笑顔を見たかったか。柔らかい唇に触れたかったか。フローラとかいうバカ女のせいで、唯一の癒やしである彼女に会えないことに過剰なストレスが掛かっている。正直相手が女でなければ顔の一発や二発ぶん殴らないと気が収まらない。というかラリサにかすり傷一つでも負わせていれば、女でも容赦はしない。

　これは非常事態だから、ラリサだってきっと平手打ちの一つや二つぐらいは許してくれるはずだ。


　こぢんまりした白壁の一軒家に到着すると、俺はそのままアンジェリーナと一緒にベルを鳴らした。出てきたのは二十代後半から三十代ぐらいのメイドだろうか。

「フローラお嬢様ですか？　在宅ですがどちら様でしょうか」

「私はリカルド・バーンフェルド伯爵、隣の女性はアンジェリーナ・ミーガン男爵令嬢だ」

「お嬢様から承っております。こちらへどうぞ」

　メイドは客間に俺たちを案内すると、紅茶を運んできた。

「――こちらで少々お待ち下さいませ」

深くお辞儀をするとすぐに下がっていく。

「エプロンをつけた女性に連れていかれたという話ですから、彼女が協力したのかも知れませんわね」

「それなら彼女も敵だ」

「ですからくれぐれも冷静にお願いします、リカルド様」

「ああ分かっている」

少し待っていると小さな足音が聞こえ、ノックの後黒髪の女が姿を見せた。

「まあ、リカルド様ではありませんか。思ったよりも早かったですわね。アンジェリーナ様もようこそおいで下さいました」

黒髪の女は笑顔を見せて淑女の礼を執った。これがフローラか。薄ぼんやりと顔に覚えがある。

「もう少しゆっくりされてからでもよろしかったのに」

「そんなふざけた話をしている暇はない。ラリサはどうした？　もしケガでもさせていたらただでは済まないぞ？」

「ケガ？　まさか！　そんなことするわけないではありませんか」

「――私と買い物している時に拉致同然で連れ去ったじゃない。受け取った手紙では家名にかけて丁重にもてなしているとあったけど、ラリサはどこなの？」

アンジェリーナがムッとしたように言い返す。

「見解の相違ですわね。お願いして来て頂いたのです」

「とりあえず早くラリサの無事を確認したい。連れてきてくれ」

「……お待ち下さい」

　客間を出ていったフローラが、少ししてラリサを連れて戻ってきた。

　一晩こんなところで過ごしたからなのか、若干やつれているようにも思えて心配で胸が痛くなる。

「ラリサ！　無事だったか」

「心配したわよラリサ！」

　俺とアンジェリーナがソファーから立ち上がると、俺たちを認めたラリサがホッとした顔になった。

「リカルド……それにアンジェリーナまで。会いたかったわ！」

　体にケガがないか素早く目を走らせるが、疲れているだけで傷を負わされている様子はない。まずは一安心だ。

「それにしても、何故このようなことを？　もしや以前私が君の告白を断ったことが原因なのか？無関係のラリサを捕らえてどうするつもりだったんだ？」

　安心すれば次にくるのは怒りだ。

「あの、あのねリカルド、無関係というかね……」

「ラリサは黙っていてくれ。こういう奴には一度ガツンと――」

「――黙って聞いていれば、ラリサラリサと馴《な》れ馴れしい。たかだか現時点で恋人だというだけで偉そうに」

フローラが眉を吊《つ》り上げた。俺は首を傾《かし》げる。

「……何だと？」

「愛の深さ、時間だけで言えば、私の方がリカルド様よりもよほどラリサ様を愛していると言えますわ！」

「……は？」

ラリサを愛している？

何か話がおかしい。横に座るアンジェリーナを見ると目を見開き、口がぽかーんと餌を待つ雛《ひな》のように開きっぱなしである。

「……実は彼女ね、リカルドではなく私のことが好きなんですって」

ため息まじりにラリサが答えるので俺はますます混乱した。

「――じゃあ何故私に告白したんだ？」

「いつも私にくっついてて鬱陶《うっとう》しいから、引き離したかったんですって。上手《うま》いこと引っ掛かれば、適当なタイミングで捨てるつもりだったみたい。浮気するような男なら、私に相応《ふさわ》しくないことも分かるしって」

「……はあ？」

ということは、この女は単に俺をラリサから引き離したいだけで告白をしたと？

その上ラリサを愛しているというのか？

そんなことを俺が認めるとでもいうのだろうか。

俺は横に置いていた鞄を握る。

――これは男も女も関係ない。戦争だ。

そう考えて、ふっと文化祭の時のトラブルを思い出した。

……とりあえず冷静になるんだ。

いくら腹が立とうが、俺が女性にも平気で手を上げる男だと思われるのは愚策だ。

俺は深呼吸をして掴《つか》んでいた鞄からそっと手を離した。

視界の隅でアンジェリーナが明らかにホッとした顔になっている。

そうだ、冷静に。冷静にだ。

ここはまず格の違いを見せつけねばなるまい。

「――言っておくが、私がラリサを好きになったのは彼女が九歳の頃だ。もう八年以上前だ。悪いがお前とは刻んできた歴史が違う」

俺を見ていたラリサが「え？」という顔をしていたがとりあえず無視する。心の友アンジェリーナも「は？」という顔だったが、二人に打ち明けていなかったのでこれは仕方がない。元々言う予定もなかったし。ただこういう勘違い女には立場を教えてやらなければならない。

「まあ、浅いですわねえその歴史。私の思いはラリサ様が七歳の時からですわよ。嫌ですわ偉そうに。

それで優位に立てたおつもり？」

「……どういうことだ？」

俺は意味が分からず聞き返した。

「ラリサ様は私の聖女なのですわ」

フローラは切々ときっかけになった出会いを語った。

――確かに、それはラリサに惚れてしまっても頷《うなず》ける。だが、ラリサは無意識にそういったことをする女性だし、俺との出会いだってそれに劣らないのだ。

俺も自分の出会いを熱く語り始めた。

そこからはもうお互いの自慢合戦と言っても過言ではなかった。

話しているうちにお互いヒートアップしてきて、細かいことまで口の端《は》にのぼる。

「ラリサはな、ちょっとつまずいた時に『ひょっ』とか『ふぉ』とか言うんだぞ、この顔でだ。可愛いだろう？」

「……何て愛らしい！　ですが、これはご存じないですわよね？　ラリサ様の背中の肩甲骨のところに二つ並んだ小さなホクロが、きめ細かな白い肌に素晴らしいアクセサリーとして輝いていることを！」

「卑劣な！　お前は同性だから風呂にも一緒に入れるし背中だって見られるだろうが、私は今見えている部分だけで満足するしかないんだぞ？　だが背中のホクロぐらいでなんだ。ラリサの唇はな、マシュマロよりも柔らかいのだ。手の指も細く美しいし、何と言ってもベルベットのように触り心地が良いんだ。お前には分からないだろうがな」

「ぐううう……いえ私の愛の深さが負けるはずないのです粗暴な男性などに。ならこれはどうです？――」

「……お願いだからやめてえええ褒め殺しするのやめてえええ居たたまれないわあああ」

しゃがみ込み頭を抱えたラリサがアンジェリーナによしよしされている。

何て羨ましいんだ。しかし「ご愁傷様」とはどういう意味だアンジェリーナ。

フローラと舌戦を繰り広げ、お互いに思いの丈をぶつけ合うのも疲れてきた。

大体俺がラリサの良さを語れば一日では終わらないのだ。

「……とりあえず、一番はラリサの希望だ。いくらお前が自分の熱い思いを表明したところで、ラリサが受け入れるかは別問題だろう？」

「……そうですわね。ですが男性など、どうせ穴があれば別の女にも入れたくなる生き物。性欲の権《ごん》化《げ》ですわ！　綺麗《きれい》ごとを言ったところで、愛人を作る輩が多いことからも分かるように、ラリサ様もいつかただ正妻というだけのお飾りになってしまう可能性もあるんですもの。私と二人楽しく別荘で過ごす方が幸せに決まっています！」

「勝手に決めつけるな！　ラリサがいながら愛人を作る予定などない！　そもそも私にとって女などラリサかそれ以外だ！　ラリサと結婚できなければ一生私の下半身だって独り身だ！」

「――リカルド様、下ネタはおやめ下さい。ラリサが身の置き所に困っております」

アンジェリーナの声に俺はハッと口を閉じる。

ラリサは耳を押さえてしゃがみ込んでおり、顔が未《いま》だかつて見たことがないほど真っ赤である。

「――すまないラリサ。ついフローラの言い分にカッとなってしまって……品のない話をして本当にゴメン。反省しているよ」

「……いえ」

少し黙っていたラリサがそれだけ答えると、ようやく顔を上げた。

「あのね、フローラもリカルドも、何と言えば良いか……まあどちらも私のことを憎からず思って下さるのは大変よく分かりました。ありがとうございます。……ですが、私はリカルドを愛しているし、将来結婚したいと思っているのも彼だけなので、フローラの気持ちにはやはり応えられません。申しわけないけれどフローラ、恋愛感情の全くない友人であれば辛うじてオーケーだけど、それができなければ友人付き合いもお断りするわ」

「ラリサ様……」

フローラが涙を浮かべているが、俺は拳《こぶし》を握る。勝った。

しかしこの女も転んでもただじゃ起きないタイプのようだ。

「――分かりました。それでしたらただの友人としておそばに置いて頂ければ、それだけで構いませんわ」

と言いやがった。自分の眉間《みけん》にシワが寄るのが分かった。

「――友人だって？」

「どうせ今までプラトニックな愛を育てていたのです。たとえ愛は伝わらずとも、顔見知りから友人にステップアップできるのなら、ありがたくその地位を望みたいと思います。二度と接触できないより百倍マシですわ。……まあ時間が経《た》てば、リカルド様の気持ちが変化するかも知れませんし。もしラリサ様の気持ちが変わることがあれば、慰めつつぐいぐいアプローチさせて頂くかも知れませんが、友人の間は己を律し節度をわきまえ、何一つ手出しをしないことを家名にかけて誓います」

胸に手をあて、片手を挙げて宣言するフローラ。家名家名と鬱陶しい。

何かアンジェリーナがラリサの耳元で囁《ささや》いていたが、内容までは聞き取れない。

そして、ラリサが「分かりましたわ」と答えたことに俺は唖然《あぜん》とした。

「……良いのかいラリサ？」

「――ええまあ。家名に誓って頂けるのであれば、そんな早まった真似《まね》はしないでしょうし、今回の件は度を越した敬愛ということで不問にいたしましょう」

ラリサの心の広さは知っているが、本当にそれで良いのか。

いや、単に俺が彼女を独占したいからなのは分かっているが、それでも不満は残る。

しかし、ラリサがフローラより俺を愛している、と言ってくれたことを思い出し、不満を抑えるのも大事だと考えた。

ラリサはお前より俺の方が好きなんだぞ。

そんな心の声が洩《も》れそうになるが、大人気《おとなげ》ないことを言ってラリサの愛が減ってしまったら困る。

「……それじゃラリサ、帰ろうか」

落ち着いた口調でそう言うに止《とど》めた。

「ええ。――フローラ、これからは友人としてよろしくね。……ということで。まずは学園の食堂でお食事でもご一緒しましょう」

「はい！　喜んで！」

本当に大丈夫なんだろうか。

俺は少し不安になりながらも、アンジェリーナと共にラリサを連れて学園寮に戻るのであった。

◇　◇　◇

「ラリサ様、こちらのグラタン美味《おい》しいですわ！　一口いかがです？」

「ねえラリサ様ならこのイヤリング、きっとお似合いだと思いますわ」

「ラリサ様の髪の毛いつも艶《つや》やかで美しいですわね。どこのメーカーの洗髪料をお使いですの？」

拉致から解放された私には、メンがヘラった友人が一人増えた。

私個人としては、できればそのままフェードアウトが望ましかったのだが、アンジェリーナから静かに諭された。

「ヤンデレとメンヘラは目の届く範囲で管理するのが一番安全。ノー放置ノー覚醒」

と耳打ちされ、それもそうだと友人という妥協点に落ち着いた。

だが、フローラも踏み込んだことをすると私と会えなくなるということは理解しており、若干接触頻度が高いだけの友人という位置に落ち着いている。

まあ女子同士でもやたらとベタベタする子もいるし、この辺は許容範囲である。心の闇は見ないことにすれば良いだけだ。

ただ、リカルドはフローラに『リカルド様がラリサ様を不幸にしない限りあくまでも友人であり、一切アプローチやそれを匂わせる行動は致しません』と一筆書かせているにもかかわらず、近寄らせたくないと思っていることを隠さない。

食堂でアンジェリーナとフローラが私と一緒に食事をしたり話しているだけで、眉間に隠し切れないシワが刻まれるし、登下校にはフローラもいると静かな狂犬モードで警戒する。

まあ下手《へた》すれば私とフローラが別荘でラブラブ（？）同居生活をされるかも知れないところだったので、致し方ないところではあるし理解もできる。

だが、元が美形とはいえ目つきが悪いので、このまま前科マシマシな顔つきになっていくのは避けたいところだわ。

それに、友人としての付き合いで思ったが、フローラは年こそ下だが頭の回転も良いし、ユーモアもある。上辺《うわべ》だけの社交なども最低限だし、病弱で引きこもり気味だったとかで読書量も私たちよりよほど多く、色々面白い本も紹介してもらえたりする。

「私への愛の重たさを抜けば、友人としての相性は悪くない」

というのが私とアンジェリーナの一致した考えである。

このまま友人付き合いが長く続けば、私への報われない愛などポイして優しい殿方と結ばれてくれるのではないか、とも思う。……まあここは切実に願っておきたい。

「あのねリカルド、彼女はちゃんと友人として節度のある付き合いをしてくれているわよ。気持ちは分かるけれど、始終そんなに険しい顔をしていたらリカルド自身が周りに怖がられるじゃないの」

そう言いながらきゅいきゅいと眉間のシワを広げる。

「――分かっている。気持ちとしては分かっているんだが、ラリサとの接点が増えるだけでどうしても不快なんだ私は」

「私だってそんな怖い顔をしたリカルドが周りから怖がられたりするのは嫌なのよ。未来の旦那様がそんなに心が狭い男って思われたくないもの」

「ラリサ……！」

ぎゅうううっと抱き締められるので背中をよしよしとさする。

バカップルのような台詞《セリフ》ではあるが、リカルドへの愛情は必要以上に注ぐのがヤンデレ降臨阻止には大事なのだ、とアンジェリーナにも日々言われている。

「フローラという不発弾が仲間入りした以上、あなたの挙動一つで世界は崩壊するのよラリサ。心を強く持ちなさい」

「でもアンジェリーナ、そんなこと言われても困るのよ。私は別にフローラやリカルドを闇に落としたくて行動しているわけではないもの」

「ラリサ、あなたは前世の吸引力の衰えないどっかの掃除機みたいに、ホイホイと闇物件を引き寄せているのよ。ついでに私も引き寄せてくれたせいで、『スリルとサスペンスがエブリディ』なのよ、あなたの言葉を借りれば。分かる？」

　アンジェリーナには確かに迷惑を掛けているという自覚はある。

「……ごめんなさいね、本当に」

「まあラリサのせいでもあるし、ラリサのせいではないとも言えるけれど、罠《わな》にかかった獲物はあなたが責任を持って処理しなくちゃダメなのよ。あなたにとっては迷惑な話かも知れないけれど、闇が払えるのはあなただけなんだもの」

「責任は感じているの。だけどリカルドは元から頑張っているつもりだけれど、フローラまでとなると私も対応しきれないことが多々あるんじゃないかと思うのよ。だから――」

「分かってるわ。もう既に片足を突っ込んでしまっているし、大事な親友だと思っているから、できる限りの協力はするわ」

「ありがとうアンジェリーナ！　大好きよ！」

　がばっと抱きついた私を急いで引きはがしたアンジェリーナは、周囲を見回し息を吐いた。

「ちょっとラリサ、本当に分かってる？　これをリカルドやフローラの前でやったら私がエネミー認定になるのよ。私はグウェインとのラブラブ生活を送るまで簡単には死ねないのよ」

「あばばば、軽率だったわ！」

　アンジェリーナにはいつも説教をされてばかりだが、私も段々と扱いが上手くなってきたように思う。

　フローラに与えられるのは友情だけだが、友人として仲良くしている分には大変ご機嫌であるし、リカルドも「あなたが最優先だけど」としてから色々譲歩を引き出すこともできるようになってきた。

　人間とは日々成長する生き物である。

　それにしても、二人が見た目以外は平凡この上ない私に何故ここまでこだわるのか、本音を言えば未だによく分からないが、人それぞれ好みというのがあるのだろうし、フローラも話してみればかなりいい子だし、リカルドも愛している。

　関わったからには責任を持ってできる限り二人がまっとうな道を歩めるように努力する所存だ。

そして時は流れ、私もアンジェリーナも最終学年になりフローラも二年生になった。

リカルドとジェイ殿下やビリー、グウェインがいる学年が卒業してしまうと、私やアンジェリーナは週末にデートするぐらいしかないので、平日は女同士でお喋《しゃべ》りしたり、遊びに出掛けたりと友情を深められた一年だったとも言える。

文化祭はチケットに譲られた生徒名の記載をするようにしたことで、不埒《ふらち》な目的で出入りする人は激減したし、昨年のようなことがあっても責任の所在が明らかになってしまうので、お小遣い稼ぎで売るという生徒もいなくなって今年は平和だった。来年以降もそうであれば良いのだが。


私はあれからは特に大きな出来事もなく、平穏に卒業し、正式にリカルドと婚約した。

アンジェリーナもグウェインと婚約が決まった。

「結婚したら浮気なんか思いもよらないぐらいラブラブ生活を送るわよ」

と鼻息が荒い。あれだけの美人でも浮気の心配はするのが不思議だ。

まあ私の場合少々特殊で、闇が深まりがちなほど私のことを愛してくれるので、浮気の心配がほぼないというだけであり、実際ここまでヤンデレ気味の男性でなければ私も心配したであろう。

恐らく私が浮気したら、リカルドは死ぬか私の監禁というどう転んでもバッドエンドにしかなりそうもないが、私は浮気をするほど移り気な性格ではない。

……というか彼以上に好きになる人なんて現れないだろうし。

きっかけこそジェイ殿下と婚約したくないところから始まった打算があったが、一緒にいる時間が増えることで分かったリカルドの優しさや気遣い、傷つきやすいが一途《いちず》で趣味も合ったことなどで、気がつけば本気で好きになっていた。

考えてみれば愛が重たいというのも、自分が好きな相手なら嬉《うれ》しい部類には入るのだし、過剰と言うか、変な方向に向かいさえしなければ大丈夫だろう……多分。

フローラも普通に友人として付き合っていくことで、大分闇の方向から離れたのではないかと思っている。私も実際は彼女が思っているほど聖女みたいな存在ではないので、幻滅した部分もあるのではと思う。今ではお姉ちゃんべったりの可愛い妹のような存在になっている。

「ラリサ様……卒業なんて……寂しいですわ」

「大丈夫よ。一年経てばフローラも卒業だし、別に卒業したからってお茶したり買い物したりできるじゃない」

「そう……そうですよね」

フローラも卒業までめそめそしていたが、ちゃんと卒業してからもお茶に誘ったり美術展に誘ったりと定期的に遊んでいたら落ち着いた。

リカルドのご機嫌は良くはないが、彼もフローラを放置することの危険性は認めざるを得ないようで、ほどほどにな、と言いつつも許してくれている。

アンジェリーナについては心の友と認めていて、出掛けることに文句も言わないが、何故そう思うようになったのかについては、何度聞いても教えてくれない。

「……アンジェリーナは、私とラリサの味方だと思うからな」

という曖昧《あいまい》な物言いだけで、未だにハッキリした理由は分からないままだ。

アンジェリーナに聞いてもよく分からない。

「ヘタレが私の敷いたレールにただ乗りしたようなものよ。これからも、ラリサと自分の関係の邪魔にならない限りは文句ないでしょうよ」

と言うだけだ。

まあリカルドがアンジェリーナといがみ合わないようになっただけでもかなりの成長である。フローラは……まあいつかは変わると思いたい。


そう言えば、私が以前攫われた際に落としたビーグル犬のぬいぐるみだが、ちゃんとアンジェリーナが見つけて保管してくれていた。

落ち着いてからリカルドにプレゼントしたら、喜んではくれたものの、

「ラリサ、私を子供扱いしてないかい?」

と少し拗《す》ねていた。

だけどグウェインからアンジェリーナ経由で私は情報を得ている。

ベッドの枕元に置いて一緒に寝ているらしいことと、何やらあのぬいぐるみのために、可愛らしい帽子や靴下まで入手していることを。

そういうところは可愛らしいんだけど、私には素直に言ってはくれないのよね。子供っぽいと思われるのが嫌なのねきっと。いつか白状させてみせるわ。

第十三章　ベストではないがベターな関係

　卒業して半年後、私とリカルドは結婚式を挙げ、晴れて夫婦となった。

　既に伯爵として後見人は外れ、独り立ちしているリカルドは、少し離れた場所に屋敷を建てて暮らしている義母とは折り合いが悪いため、最低限の付き合いしかしていない。

　ただ七歳下の義弟のマルコとはとても良好な関係を築いており、マルコもリカルドが大好きらしい。

　結婚式も始終笑顔で、私に花を渡しながら、

「僕、ラリサお姉ちゃんって呼んでいい？」

　と恥ずかしそうに話し掛ける姿は大変可愛《かわい》らしかった。

　一応式には出席してくれた義母は美しかったし、亡くなったリカルドの父親も肖像画を見る限り顔立ちは整っているので、マルコも将来は美形になることだろう。アンジェリーナも目を細めていたが、彼女を眺めていた私にハッと顔を改め、『違うわよ？　非合法ショタには興味がないから安心して。本当よ？』と何故《なぜ》か念を押された。最初から心配してないわよ。

　フローラもボロボロ泣きながらおめでとうございますうと連呼していたが、リカルドには、

「私のラリサ様を幸せにしなければ、生涯かけて復讐《ふくしゅう》しますから」

　と笑顔でエールを送っていた。エールなのだろうか呪いだろうか。

「お前に言われるまでもないし、お前のラリサでもない」

とまたバチバチが始まりそうになったので慌てて止めた。

本当にいい加減、もう少し大人《おとな》になって欲しいものである。


式を終え、立食パーティーも終わると既に夕方も近い。

リカルドの屋敷に戻り、初めて見せてくれた寝室は……まあ、何というか、ベッドがダブルベッドで明らかに二人で眠る仕様でございますね。

妻にはなったものの、今夜からここで寝るのかと急に現実味が湧いてきた。緊張する。裸をリカルドに見せるのも恥ずかしいし。

「ラリサ、とりあえず疲れただろう？　風呂は入れさせてあるから先に疲れを取るといいよ。私は後から入るから」

「ありがとう。お言葉に甘えさせて頂くわね」

照れ臭さを隠して私は衣装部屋に向かう。

リカルドの屋敷は私の実家と違って遥かに財力があるようで、広々とした私専用の居室に衣装部屋まで用意してくれていた。

細かい花柄の壁紙を彼自身が選んだのかと思うと微笑《ほほえ》ましいが、地下へ向かう石畳の階段があったのだけは見ないことにした。

あそこに座敷牢みたいなものがあったら怖くて眠れない。考えない考えない。

お風呂から出て髪の毛を乾かすとバスローブを脱ぎ、未《いま》だかつてこんなにすっけすけなものを見たことがないネグリジェと、節約を極めたような布の少ない下着を着る。

姿見で眺めて、ほぼ裸ではないかと羞恥《しゅうち》で気が遠くなりそうになったので急いでガウンを羽織《はお》り、寝室に向かう。

「リカルド、私は出たからお風呂入ってきて」

「——ああ、分かった」

リカルドが笑顔を見せて出ていった。

私はホッとベッドに腰掛ける。

いつまでもガウンのままではあれだし、かと言ってこんなはしたない格好でいるのも恥ずかしいし……と思っていると、ベッドサイドのテーブルにリボンが丸めて置いてあるのに気づいた。

(……なんでリボン？　私をリボン結びして『自分へのプレゼント』とかやらないわよね？　まさか怪しげなものを買ってきたのを、私がいない間に開けてリボンだけ捨て忘れたとか？　……まさかね)

念のためゴミ箱を覗《のぞ》くが、ティッシュとメモの紙屑《かみくず》程度でホッとした。

食糧庫であってくれと願う謎の地下室の存在はあるが、現時点でリカルドはゲームのようにヤンデレに変化はしていない。

私への愛は激重だが、異常なまでの束縛もないし、私がせっせと愛情表現をしているからか、穏やかで常軌を逸した行動などもしていない。

アンジェリーナにもフローラにも実質的に排除をするような行動もしていないわけだし、私の試みは成功したのではないかと思われる。

（……ムチとか首輪とか、ないわよね？）

多分彼は大丈夫だ、と思ってもあくまでも私基準だ。リカルドの本心までは分からない。一応クローゼットの中もチェックしようかしら、と取っ手に手を掛けたところでリカルドが戻ってきた。

「お待たせ。……ん？　着替えでもするの？　私の衣類しか入ってないよそこは」

「あ、ええ。ちょっと取っ手が汚れてたのが気になって」

「そうだった？　メイドに伝えておくよ」

屋敷にいる時や寝る時は当然だがリカルドもアイパッチはしていない。

注意して見れば、少しだけ左目より角膜部分が白っぽく見えるぐらいで、左の綺麗《きれい》なアッシュグレイの瞳《ひとみ》の色と同じく美しいし、大きな傷も見えない。

ただ、ケガをした際に神経も傷めたのか黒目部分が動かないので、左右の目の動きが違うと気味が悪いと思われるから着けているだけらしい。そんなに気にすることもないと思うのだけど、こればかりは当事者ではないから何とも言えない。

「リカルド……ええとその、これから良い妻となるべく努力しますので、どうぞ末永くよろしくお願いいたします」

　と頭を下げた。

　改まって挨拶《あいさつ》をされたリカルドはぽかんとしていた。

「ラリサと結婚できた私の方こそ努力しなくてはならないだろう？　ラリサを不幸にしたら確実にフローラに刺されるし、アンジェリーナからもひどい目に遭いそうだ」

　と笑われた。

「そこまでひどい目には遭わないわよ。私がリカルドを愛しているのは分かっているのだし」

「ちなみにラリサ、君が不幸だと思うのはどんな時だい？」

「うーん、そうね……リカルドに浮気されたり、暴力を振るったりされることかしらねえ。あと、美《お》味《い》しいスイーツが食べられないこととか」

「浮気とか暴力についてはありえないから心配しなくていいよ。そんなことするぐらいなら死ぬ。スイーツは好きなだけ食べれば良い」

「やめてよ。ぶくぶくに太ったらどうするのよ」

「え？　どうもしないよ。ラリサはラリサだし。ふくよかなラリサも絶対に可愛いと思うけれどね。むしろ億劫《おっくう》になって出掛ける機会が減ってくれたら、私も嬉《うれ》しいぐらいだ」

　……絶対に太らないと今心に決めたわ。

「それで、まだ早いけど、その……初夜だから……」

「あ、ええ、そうよね」

灯《あか》りを暗くしたリカルドにキスをされ、ガウンを脱がされる。

「綺麗だねラリサは。……本当にごめん、私のような片目の嫉妬《しっと》深い男に嫁がなくても、もっと良い縁談はいくらでもあっただろうに」

「――あのね、そんなこと謝る前にまず、言って欲しいことがあるの」

「……え？」

「愛してる、一生幸せにするって。子供っぽいかも知れないけれど、結婚した時の夢だったの。旦那様から二人きりの時にそう言われるのが」

「四六時中ずっと愛してると心の中では言い続けていたんだけど……気味悪いとか思われたら嫌だったから、なるべく抑えていた。そうか、もう言っても構わないのか――ラリサ、君を愛してる。今までもこれからも一生君だけだ。ああ、言葉に出せるって何て幸せなんだ！」

「自分だけ幸せにならないで。一緒に幸せになりましょう？　ね？」

「あ、ああ、そうだな。一緒に幸せになろう。この国で一番幸せな夫婦になろう」

そのままリカルドは私の布だか覆いだか分からないネグリジェを脱がすと、リボンを手に取った。

「……そのリボンどうするの？」

「え？　ラリサが恥ずかしがって隠したがるから、とりあえず防ごうかと」

両手首にリボンを結ぶと、そのままベッドの支柱にそれぞれ結びつけた。まさかこんなに広い寝室の割りにダブルベッドなのは狭くないかと思っていたけど、こんなこと企《たくら》んでいたのリカルドったら。

「な、な、な」

「最初に邪魔されることなく体中を味わいたいからね。ラリサは一生私のラリサだから、初めてでも気持ち良くしたいし」

「ひゃっっ」

本当にそのまま長い時間をかけて体中舐《な》め回された。恥ずかしいやら気持ち良いやらで頭がぐらぐらする。いや私処女なんだってば。

秘所に顔を埋められ、指を入れられた時は必死に抵抗したが、抵抗しない方が良かったかも知れない。リカルドのアレは指の何倍も大きなサイズで立派に勃《た》っていたし、指が入らなければあっちが入ると気づいた時には、既に溢《あふ》れる愛液をナニにまとわせるようにしていた。

「何度かイったから大丈夫だと思うけど力抜いてね」

「あの、それ……とても入ると思えないのだけど」

「いずれ赤ん坊が生まれてくるんだよここから。大丈夫大丈夫。というより私がもう大丈夫じゃない」

ぐいっと深く突き込まれたそれは、予想以上の熱と痛みをもたらした。

ゆっくりした抽送《ちゅうそう》も大きな杭《くい》を打ち込まれたようで、男女の営みってかなりえぐいのね……と涙が出そうだった。

「ごめんよ。痛いよね？　でも何度かしているうちに慣れるものらしいって本に書いてあったから一緒に頑張ろう？」

「……うん、頑張るわ」

「ああ本当に可愛い……ラリサ愛してる……」

激しい抽送に変わって少し経《た》つと、リカルドの荒い息に次いで体の奥に熱いものが放出される。

ああ何とか終えられたみたい、と私の上でバクバクする心拍数が伝わるリカルドの右目にキスをした。

「ラリサ……一生離れないで」

「離れないわよ。大事な旦那様だもの」

それにしても下腹部が痛い。破瓜《はか》の血の臭《にお》いも感じるし、後始末をしないと、このままでは眠れないわ。

「せめてシーツを交換して、シャワーだけでも浴びないと……」

「待って」

ガウンを着たリカルドが手早くシーツを交換した。厚みのある素材だったためか下のスプリングマットまで血がついてなかったのは幸いだった。

そのまま私を横抱きにすると、浴室に一緒に入り、体を洗ってくれようとする。

「ちょ、リカルド、自分でできるわ」

「初めての女性って、思ったよりも体が動かせないって聞いたけど、本当に大丈夫？」

「え？」

そう言われて私は慌てて手足を動かそうとするが、確かに疲労からか痛みのせいなのか、ぷるぷると震えてしまう。何とか動かせはするが力が入らない。

「……ごめんなさい。お願いします」

「全然大変じゃないし、喜んでやっているから気にしないで。私が無理をさせたんだから」

せっせと丁寧《ていねい》に泡を流すリカルドに、本当に優しいなあと嬉しくてお礼を言った。タオルで拭われている時にふと思い出す。

「あ、リカルド。私あのネグリジェだとお腹《なか》が冷えそうだから、普段のものに着替えたいのだけど、衣装部屋から持ってきてくれないかしら？」

「それは良いけど、当分使わないだろうし後で良いよね？」

「……なんで？」

「え？　夜はこれからでしょう？　やだなあラリサ冗談言って。新婚初夜で一回で終わるわけないじゃないか」

「は？」

いそいそとまた裸のままタオルだけ掛けられ、私をお姫様抱っこしたリカルドは寝室にUターンすると、本当に朝方まで私を眠らせなかった。そしてそんな夜の生活は一日で終わることなく、その後まともに歩けるようになるまで四日掛かった。

——夫婦って、ある意味バトルなのね。

でも、とりあえず鎖もないし、地下室に連れていかれることもなかった。勝ち負けで言えば、これは私の勝ちで良いのではなかろうか。

まあ彼も時間が経てば落ち着いてくれることだろう。……多分。

終章

「――まあ、おめでたですって？　何て素晴らしいの！」

「赤ちゃんの産着《うぶぎ》は可愛《かわい》いのを選びませんとね！」

「ふふふ、二人ともありがとう」

久しぶりに顔を合わせたアンジェリーナとフローラに報告すると大喜びしてくれた。

今日は買い物も兼ねて町に出てきた私たちは、お気に入りのカフェでお茶をして一休み中だ。

結婚してから半年が過ぎた。

まああれだけ夜の生活がハードであれば子供ができるだろう。

うっかり私も気持ち良くなれるほど馴染《なじ》んでしまったが、基礎体力がリカルドと比べて圧倒的に低い私は、正直しばらく休ませて欲しいと思う気持ちもあったりして、妊娠したことで夜は当分平穏であることはありがたかったりもする。

妊娠が判明した時に、リカルドに真っ先に報告したら一瞬固まったが、その後感極まって泣き出して大騒ぎになった。

「どっちだろう？　ラリサに似た女の子だと良いな」

「ああでもラリサに似た男の子も可愛いかも知れない、いやきっと可愛い」

「どちらにせよ危ないから生まれるまで外に出たらダメだ。いや生まれても当分は外に出ない方が良い。ばい菌だってあるだろうし、そうだこのまま一生――」

危うくヤンデレが花開きそうになって、頭をぺしっと引っぱたいて止めた。

「落ち着いてちょうだいリカルド。妊婦は適度に運動しないと筋力も落ちて、出産の時に大変になるんだから。運動不足と情緒不安定で私が出産時に死んだらどうするつもり？　子供の成長も見ずに死にたくないわよ私だって」

と、こんこんと説教してようやくまともに戻った。

今日は四カ月目を過ぎて先生も流産の心配はなさそうですね、と言ってくれたので、久しぶりの外出なのである。

仕事を早めに片づけて、荷物持ちがてら迎えに来るというリカルドを待ちながら、女子トークをしているのは楽しいものだ。

「先月はアンジェリーナも結婚式を挙げたし、あとはフローラなのだけどねえ。いい加減男性に目を向けてはどうなの？」

「私はラリサ様とこうやってお茶を飲んだり話をしているだけで満足ですわ。アンジェリーナ様も優しくて、毎日幸せです」

フローラは相変わらず私のことが好きらしいが、百合《ゆり》的なキスをしたいとか、体をどうこうみたいな気持ちはないらしく、ただ一緒にいられればそれで良いらしい。まあチチ揉《も》ませてくれとか言われても流石《さすが》に断るけれど。

彼女がそれで良いならいいのだけど、自分の家族を持つのも悪いことじゃないと思うのよねえ。

「まあフローラは美人だし、その気になればいつでも優しい男が現れるだろうし、私たちがヤキモキしてもしょうがないわね」

アンジェリーナも呆《あき》れつつもフローラを可愛がっている。

「――あら、そろそろ馬車溜《だ》まりの方に戻りませんと、リカルド様が来られる時間では？」

フローラが広場の時計を眺めてそう呟《つぶや》いた。

「あらいけない。女同士で話をしていると時間が過ぎるのがあっという間よね。そろそろ出ましょうか」

私たちはカフェを出て停めている馬車溜まりの方へぞろぞろと歩き出した。最近では蒸気自動車も出てきて、馬車も段々少なくなってきた。

……まあ馬の世話を見て餌も食べさせてだものね。手間とお金はかかるし、この先ガソリン車とかも出てくるのかしらね。

我が家でも、子供が生まれたら蒸気自動車を買おうかと検討しているところだ。

「あら、もういらっしゃるわ」

フローラが指さす少し前方には、こちらに背を向けて立っている愛《いと》しい旦那様の姿が見える。

私が声を上げると振り返ったリカルドだったが、フローラの姿を認めても以前ほどあからさまに邪険にすることもなくなった。彼も成長したのだろう。

　普通に会話していることもあるから、確執は大分なくなったのかも知れないと思っている。


　その後、私はまるまるとした可愛らしい女の子を産んだ。

　リカルドと私の顔の系統からすれば、まあどっちに転んでも美形になるだろうなとは思ったが、想像以上だ。控えめに言っても天使である。プラチナブロンドの髪は私から、顔立ちは私とリカルドのいいとこ取りだ。

　名前はロージーと付けた。

　アンジェリーナも現在妊娠三カ月を過ぎたばかりだそうで、こちらもおめでたいことである。

　未《いま》だに結婚など興味がないと言っていたフローラだが、弟妹の年が離れていることもあって、大の子供好きである。

　アンジェリーナの家へも悪阻《つわり》で苦しいだろうからと買い物したり、食べられそうなものを聞いて作っていったりと楽しそうに飛び回っている。

　我が家にも数日おきに訪れてはロージーを飽きもせずうっとりと眺めている。

　日に日に彼女が買ってくるおもちゃや絵本、ぬいぐるみなどが増えていき、ロージーの部屋が圧迫されつつある。育児に疲れているだろうからと気を遣って短時間しかいないのだが、リカルドは若干苛《いら》ついているようだ。

「おいフローラ、可愛いロージーを見にくるのは良いが、私だって仕事の間はラリサとロージーに会えないんだぞ。もっと日を空けろ。土産《みやげ》ももう充分だ。使用人たちだってぬいぐるみが増えたら掃除も大変だろう」

先日、とうとうリカルドがフローラに文句を言い出した。

フローラはリカルドを悲しそうに見た。

「……ずるいじゃありませんか」

「な、何がだ？」

「リカルド様はラリサ様とロージー様を独り占め状態ですよ？　私は眺めることぐらいしかできないのに、それすらも許されないんですか？」

「……別に許さないわけじゃない。だがもう少し頻度をだな……」

「頻度ってどの程度ですか？　三十分未満の訪問にしてるのに更に短くしろとでも？　いくらなんでも心狭くありません？」

「いや、そう言うわけじゃなくて……」

結局口では敵《かな》わないのである。

だけど、フローラには言ったことはないが、リカルドはフローラに信頼は置いているのだ。

「ラリサとロージーを安心して任せられるのは、家で働いている者以外はアンジェリーナとフローラだけだと思っている」

「私もそう思うわ」

私は微笑《ほほえ》んだ。

ふと「ぶばー」、と笑うロージーを眺めながら、

「……あなたは普通の人と出会えると良いわね」

と小声で囁《ささや》いた。

ま、もし闇の深い人に捕まってもそれなりの対処法があるから、経験者として教えてあげるわ。

未だに怖くて地下室の存在には触れられない母親だけど。


リカルドはヤンデレになることもなく、家族思いで愛情深い旦那様におさまってくれているようだ。

愛情の重さから束縛気味なのは以前からで、少々一般的とは言いがたいが、受け止める私の方も慣れてしまったのか、むしろ愛情表現が過度な方が嬉《うれ》しく思えるのでこのままで良い。

私が娼館《しょうかん》で死ぬ未来を避けたかった気持ちはもちろんある。

ヤンデレたリカルドに幽閉されて一生を軟禁されたまま終えるのも嫌だった。

だが一方で、優しいリカルドがヤンデレになるのが嫌だというよりも、彼が闇堕《お》ちすることで、本当の意味で幸せになれないことの方がとにかく嫌だった。

彼が笑顔で過ごしてくれる毎日が、私の癒やしでもあったのだから。

（……困ったわね。リカルドを更生させるつもりが、すっかり私の方が愛を拗《こじ》らせたのかも知れないわ。むしろ彼が依存してくれている方が今は嬉しいんだもの）

——ヤンデレも両思いに限りオッケー、なのかな。

番外編　前髪伸ばしてみない？

ラリサと結婚してから三年。毎日が幸せで夢のようだ。

結婚して一年で長女のロージーが産まれ、翌年には長男のジェレミーが産まれた。

ロージーはラリサ譲りの金髪で、ジェレミーは俺譲りの黒髪だが、どちらもラリサと俺の愛の結晶であり、素晴らしく可愛《かわい》い。「マミィ」「ダディ」と舌足らずな呼び掛けをして抱きついてくるのは本当に嬉《うれ》しくて、眺めているだけで胸がいっぱいになる。

ラリサも二児の母になっても相変わらず美しい。むしろ結婚した時よりも色気が増して、より美貌に磨きが掛かった気がする。

しかし見た目も綺麗《きれい》なのだが、内面からにじみ出るおっとりした性格とか、穏やかで優しい人柄が好きだ。毎日毎年愛情が増すばかりで、感謝の気持ちで誕生日やクリスマス、結婚記念日などに欲しいプレゼントを聞くのだが、別に欲しいものはないのよ、と断られてしまう。

「だって愛する旦那様と、可愛い子供たち、一番欲しい物が今手元にあるのに、それ以上何が必要なのよ？　私は今とても幸せなのよ」

などと言う始末である。可愛い。とにかく可愛すぎる。

それはもう夜の生活だって密度の濃いものにならざるを得ない。

とにかくラリサと子供たちと一緒にいる時間が何より至福である。

だが、今年はちょっとお願いがあるの、とラリサから声を掛けてきた。

「――髪を伸ばすのかい？　私が？」

「ええ、似合うんじゃないかしらと思って。あ、前髪だけでいいのよ。こう、目が隠れるぐらいで」

「別に構わないけど、どうしてだか理由を聞いても？」

「――アイパッチ、使わなくて良くなるかしらって。あれって夏場は蒸れるんでしょう？　痒《かゆ》くなったりするって言ってたじゃない？　ほら、前髪で目が隠れるなら、別にアイパッチしなくても良いし、それに……」

「それに……？」

「――なのよ」

「ん？　よく聞こえなかった」

「ええとね、リカルドは気にしているから言えなかったのだけど、私はアイパッチしてないリカルドも好きなのよ。素敵だもの。変に隠さないで欲しいな、とも思うのよ。あ、でも嫌なら良いのよ？　強制したくはないの」

俺にとってアイパッチは、仕事相手などに変に気を遣わせないための最低限の装いだ。

だがラリサが好きだと言うのなら、何を躊躇《ちゅうちょ》する必要がある。

屋敷の中にいる時ぐらいは別に着ける必要もないだろう。

俺は笑って頷《うなず》く。

「分かった。伸ばすよ」

いつも散髪する時に前髪が掛かるのが鬱陶《うっとう》しくてポマードで上げたり、眉辺りで切ってもらうようにしていたが、一カ月もあれば目が隠れるぐらいには伸びるだろう。少々邪魔だが、アイパッチを外しても目元が隠れてしまえば、仕事相手にもさほど気を遣わせる必要もないかも知れない。

俺は早速《さっそく》前髪を伸ばすことにした。


「まあ、やっぱり素敵だわあ私の旦那様♪　前髪が長いのもセクシーでいいわね！」

「てくしー」

「てくちー」

前髪も大分伸びてきて、寝る時以外は装着しているアイパッチをしないで朝食へ向かうと、ラリサがとても嬉しそうな顔をしてくれた。ロージーもジェレミーもパチパチと手を叩《たた》いている。

メイドが朝食のスープとパンを運んできて、「お似合いですわ」と短く告げると、子供たちの食事の世話に向かった。

「ねえラリサ、大丈夫かな？　目はちゃんと隠れてるかな？」

「ええ大丈夫よ。私は隠れてなくても全く問題ないのだけれど。長年していたから違和感があるかも知れないけれど、慣れたらもうアイパッチなしでも平気になるわ」

「はははっ、そうだね」

俺はラリサの頬《ほお》にキスをした。

ずっと目のことを気にしていたが、自分が思うほど気にしない人もいるのかも知れない。

今は髪の毛で隠すことでアイパッチをしなくても不安は軽減されているが、いつか前髪を切ってもアイパッチなしで外出ができるかも知れない。

ラリサや子供たちがそばにいてくれるなら、いつか勇気を出せる気がする。

「じゃあ食事にしようか」

俺はラリサに笑い掛けた。


その後、心の準備もろくにないまま、ラリサに半ば強引にアイパッチもしないまま外出させられる機会が増えたが、周りの人間は俺の片目に興味を持つことなどないのだと気づいた。

(アイパッチをしてる方が注目しろと言っているようなものだったか……)

子供の頃からの習慣だったし当たり前のように感じていたが、奇異の目で見られて卑屈になっていたからこそ、これ以上傷つきたくなくて、自分は片目が不自由だとアピールすることで、周囲から同情して欲しかったのかも知れない。

でもそんなことを冷静に考えられるのもラリサがいてくれるからだ。

彼女のお陰で、今では個性の一つとして考えられるようにもなっている。

ある日、公園を家族で散歩していると、ツンツンとラリサが俺を指でつついた。

「ほらね？　そんなに気にする必要もなかったでしょう？」

ラリサが屈託のない笑みを浮かべて、ジェレミーを抱く俺と手を繋《つな》ぐ。彼女のもう一方の手はロージーの手に繋がれている。

「うん……そうだね」

自分には、幸せなんて決して訪れないと思っていた。

彼女が現れなければ、きっと俺の人生は闇しかなかったに違いない。

ラリサは俺の唯一の女神であり、子供たちは俺の天使たちだ。

彼女には悪いが、出会ってしまった以上死ぬまで俺のそばにいてもらう。何があろうと手放すつもりはない。

子供も愛しているが、彼女を独り占めできない悲しみはあるので、早く成長して親離れしてくれればいいと考えたりもする。愛の方向性が違うのかも知れない。

「リカルド、子供たちもそろそろ喉が渇いていると思うの。そこのワゴンでジュースでも買わない？」

歩きながらラリサが俺の耳元で囁《ささや》いた。

「ああ、気づかなくてごめんよ。すぐ買ってくるからそこのベンチで待ってて。ロージーは何が飲みたい？」

こんなたわいないやり取りも、得がたいものに感じる。

――俺の中で、たまに何か別の人生があったような、違う道に進んだような、不思議な気持ちになることがある。

何故《なぜ》そんなことを思うのかは分からない。

だが確実に今よりも悪い別の人生、別の俺だ。そんな気がする。

……自分の人生が、満たされているからそんなバカげた考えをしてしまうのかも知れない。

（帰りに、ラリサが好きな菓子店でケーキでも買おうか。子供たちの洋服も新しいのを見てみようか）

俺は、飲み物を頼みながらこの後の予定をあれこれ悩むのだった。

番外編　プレゼント

MELISSA

私とリカルドが結婚して少し経《た》った頃。

お茶を飲んでのんびりと二人でくつろいでいると、彼が私を見て尋ねた。

「――ねえラリサ、何か欲しいものとか、して欲しいこととかあるかい？」

「え？　別にないわよ。今でも充分色々してもらっているし、むしろしてもらいすぎだと思うもの」

まだ子供もいないので、正直リカルドが仕事をしている間は暇なものだ。

社交もお互いに最低限しかしたくないと意見が一致しているので、家にいることが多い。

彼の基本は束縛系ヤンデレタイプだ。私がアンジェリーナやフローラと近場に外出するのも嬉《うれ》しくはないようなので、彼女たちが家に来るか、出掛けるのも月に一、二回彼女たちと町に買い物に出るぐらいである。

家の中で本ばかり読んでいると息が詰まることもあるので、メイド長にお菓子のレシピを教わって厨房《ちゅうぼう》で作ったり、無理を言ってシーツなどの洗い干しを手伝ったり、天気の良い日は義弟を連れて屋敷の庭を散策したりと、ちょこちょこ動くようにはしている。

流石《さすが》に掃除や料理の下ごしらえの手伝いをしようとすると、メイドたちが「若奥様にそんなことをさせたらクビになってしまいます」と必死に止めてくるので無理は言えない。

要は十八歳にしてヒマを持て余すセレブなマダムになっているのである。

（うーん……買い物が好きとか、パーティーやお茶会に出るのが好きなタイプなら忙しくて時間がないわ、とか思えるのだろうけど、何しろインドアなタイプだものねえ私）

散財するほどアクセサリーやドレスに執着もないし、贅沢《ぜいたく》と言えば、ちょっとまとめて好きな作家の本を、なくなったら化粧品買うぐらいで満足しているので、いきなり欲しいものとか言われてもそんなにないのよねえ……。

「いやね、何だか私だけすごく幸せになってしまっているみたいで気が引けると言うか、申しわけない気持ちになってしまって……せめて何かプレゼントでもと思ったんだけど。まあラリサは以前から物欲ないからね」

そう呟《つぶや》くリカルドは、私の前ではいつも柔らかい笑みを見せており、闇堕《お》ち予定だった気配は今も感じられない。端正な顔立ちは私への愛に溢《あふ》れている。私はその曇りのない笑顔だけで心から幸せなのだが、もしかしたら何かしてあげたい、何か求めて欲しいという願いを満たすことも、彼の心の安定には必要なのかも知れないわ。

でも、欲しいもの、欲しいものねえ……あ。

「ねえリカルド、一つだけお願いしたいことがあったわ」

「え？　何だい？　何でも言って」

「実は、私専用の部屋が欲しいのよ」

「どうして？　私と一緒なのが嫌なの？　……まさか実は他に好きな男がいるとか」

あ、急に目が鋭くなった。もう、すぐ変な風に考えるんだから。

「やあね、何を考えているのよ。あのね、恥ずかしいのだけど、使用人たちに隠れて運動したいの。

私は屋敷にいることが多いから確実に運動不足なのよ。ほら、筋力が低下すると、今後子供が産まれたりした時に体力に不安があるじゃない？　リカルドが育児に参加してくれるのは分かっているけれど、仕事だってあるものね。だからなるべく万全な健康状態でいたいの」

貴族の奥様が運動着姿で庭で体操するとか、誰かが出入りしやすい部屋でストレッチするとかはあまりマナー的によろしくない。

「そういうことか。ごめんね、変に誤解して」

ほぼ家の中にいる妻になぜ浮気疑惑が出るのか謎だが、すぐ不安になりやすいのはリカルドの性格だから仕方がない。

「任せて。使ってない部屋があるからそこを改造するよ！　少しだけ時間をくれる？」

「え？　ええもちろん」

前科持ちみたいな顔からモデルのような顔に瞬時に戻ったリカルドは、業者に連絡しなくちゃ、などと言って歩いていった。

まあ機嫌が直ったのなら良いことよね。

「さあ、どうだい？　一カ月近くかかったけど、なかなか良い出来だと思うんだ！」

ある日私がリカルドに目隠しをされて連れていかれた場所は、何とあの不穏な気配の漂っていた地下室のあるところだった。

「入って入って！」

「……失礼します……」

中は予想より広く、壁はクリーム色の漆喰《しっくい》が塗られており明るい印象だった。

片面には大きな鏡が設置されていて、全身のチェックもできるようになっているし、水の入った小さな樽《たる》も二つ置いてある。腕の筋力アップ用かしら。腹筋ができるように足元に留め具がついた簡易ベッドもあるし、すぐ横のサイドテーブルには水差しとグラスまである。

これは、前世で見たパーソナルジムっぽいではないか。テンションが上がるわぁ。

「とっても素敵！」

私が本気で喜んでいるのが分かったようで、少し緊張気味だったリカルドの顔がたちまち笑みに変わる。

「あまり物を増やしても動きにくいだろうから、今のところは最低限の器具しか置いてないけど、もっと欲しいものがあれば言ってくれれば、私が仕事のついでに買ってくるからね」

「ありがとうリカルド、こんな本格的な運動設備を用意してくれるなんて……」

私はそう言いつつ、リカルドの背後に見えた鉄棒が目に入った。

天井から鎖が伸びていて、その先に丸い鉄の輪っかが二つついており、そこにぶら下がれるように鉄棒が渡されている。

——まるで、そう、まるで幽閉する時に便利そうな腕輪とか、そういう感じに見えたり。

「ねえリカルド、その輪っかって……」

私が背後を指さすと、ああコレ？　と彼は鉄棒を揺らし、

「前からあったんだけど使い道が分からなくてね。でも棒を渡したらぶら下がれるって思ってさ。私も危険がないかと思って懸垂とかしてみたけど、全然大丈夫だったよ。ちょうど良かったよね」

大丈夫か以前に、まず元々の用途を疑問視した方が良いんじゃないかしらね。

リカルドの闇堕ち回避にしくじっていたら、私のブレスレットになっていたかも知れないものを薄目で眺めつつ、健康的なものに変身してくれた輪っかに心から感謝をした。

「……私、頑張るわ。子供はある程度まで抱っこをせがむものだものね」

「ラリサが使っていない時は私も使おうかな。情けない父親になるのは困るからね」

ニコニコと嬉しそうなリカルドを見て、私はこれからも色んな意味で頑張らなくては、と気持ちを新たにするのだった。

あとがき

私はヤンデレなヒーローが割と好きだったりします。もちろん両思いの場合に限るんですけど（笑）。

とにかく好きな人への愛が重たい。好きな人の役に立ちたい。そばにいたい。世界が好きな人を中心に回っている。当然包容力はオールウェルカム状態な訳です。

メンヘラ女子と言う似たタイプもいますが、メンヘラは自分中心なのに対してヤンデレは基本的に相手本位と言うスタンスです。

これは好きではない人ならストーカー案件ですが、好きな相手であれば許せるし嬉しかったりする部分もありますよね。

愛するあまりに愛情表現が独特だったりすることもありますが、そんな可愛い部分も不憫で可愛いと思えます。

今後も一途で不憫なヒーローが多い作品が出るかも知れませんが、そんな不器用なヒーローも応援して頂ければ幸いです。

王太子妃に
なんてなりたくない!!
王太子妃編
著▶月神サキ　イラスト▶蔦森えん

ヤンデレ伯《はく》爵《しゃく》はお断《ことわ》り！
全《ぜん》力《りょく》回《かい》避《ひ》に努《つと》めたら溺《でき》愛《あい》フラグが確《かく》定《てい》しました

来栖もよりーぬ

2023年5月5日　初版発行

著者　来栖もよりーぬ

発行者　野内雅宏

発行所　株式会社一迅社
〒160-0022 東京都新宿区新宿3-1-13　京王新宿追分ビル5F
電話　03-5312-7432（編集）
電話　03-5312-6150（販売）
発売元：株式会社講談社（講談社・一迅社）

印刷・製本　大日本印刷株式会社

DTP　株式会社三協美術

装丁　小沼早苗（Gibbon）

ISBN978-4-7580-9547-1

●本書は「ムーンライトノベルズ」（https://mnlt.syosetu.com/）に掲載されていたものを改稿の上書籍化したものです。

悪役令嬢と
鬼畜騎士
著▶猫田　イラスト▶旭炬